Mujeres Sumisas

Erika Sanders

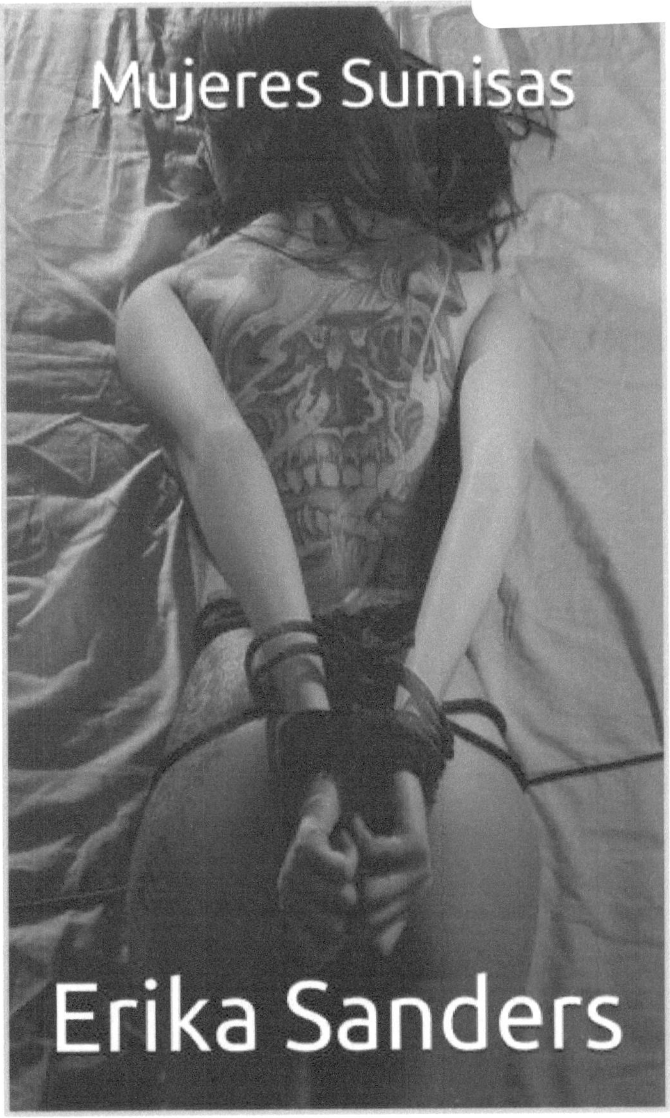

Mujeres Sumisas

Erika Sanders

Mujeres Sumisas

Sinopsis

Consta de las siguientes novelas:
    Sumisa
    Fantastic Girl
    El Juego de las Prendas
    Sumisa Latina

Mujeres Sumisas es una serie de novelas de fuerte contenido erótico BDSM y, a su vez, pertenecientes a la colección **Dominación y Sumisión Erótica**, una serie de novelas de alto contenido BDSM romántico y erótico.

(Todos los personajes tienen 18 años o más)

Nota sobre la autora:

Erika Sanders es una conocida escritora a nivel internacional, traducida a más de veinte idiomas, que firma sus escritos más eróticos, alejados de su prosa habitual, con su nombre de soltera.

Indice

MUJERES SUMISAS
ERIKA SANDERS

SUMISA

Te deseo.

Todo de ti.

De la cabeza a los pies y todo lo demás.

Tu cuerpo, tu mente, tu alma.

Las imperfecciones que odias que yo no.

Amo cada parte de ti, tal como eres.

Especialmente ese culo.

Quiero estar contigo.

Todo el tiempo.

No importa dónde esté.

Mi mente divaga, provocada por un pensamiento o una imagen.

Una canción.

Tus iniciales en una matrícula.

Una simple palabra hablada de pasada que tiene un significado especial para ambos.

Un extraño que lleva el pelo como tú.

Vestido como tú.

Quiero oír tu voz.

Cuando me llamas con tus nombres de mascotas.

Dime que me amas, me extrañas.

Describe cómo fue tu día.

Pregúntame sobre el mío y dame tu opinión.

Comparte lo que estamos haciendo o planeamos.

Incluso lo mundano.

Sedúceme a altas horas de la noche mientras estoy tumbada desnuda en la cama en la oscuridad y tú estás a kilómetros de distancia.

Sé duro conmigo cuando me pongo malcriada y hago pucheros por colgarme el teléfono para dormir o para prepararte para el trabajo.

Quiero ver tu interior abierto por escrito.

Saboreo cada nuevo mensaje y foto.

Reviso las conversaciones pasadas.

Recuerdo que cuando no estamos físicamente juntos, todavía piensas en mí.

Que puede estar ahí con un toque de tus dedos.

Tus palabras son fuertes a pesar de que no hay sonido; me tocan en el fondo, como si me las hubieras dicho directamente al oído.

Quiero comentar mis novelas contigo.

Sugiéreme ideas mientras hacemos una lluvia de ideas sobre la trama y los nombres de los personajes.

Elimina las áreas problemáticas.

Marearte con los comentarios y opiniones de los fans.

Apaciguar mi ira y confusión cuando los lectores sin rostro y sin corazón critican mis historias sin una buena razón.

Y continúo escribiendo otro día con tu ánimo.

Quiero ser domesticada por ti.

Para cocinar y hacer los quehaceres de la casa.

Hacer recados.

Ir a bailar, ver una película y hacer viajes.

Solo acurrúcate y toma una siesta en el sofá en un fin de semana lluvioso.

Llamarme deseoso para hacer el amor bajo montones de mantas en la cama todo el día.

Dormirnos en los brazos del otro por la noche y luego despertarnos uno al lado del otro por la mañana.

Ducharnos juntos.

Tener sexo de reconciliación cuando peleemos.

Quiero ser besada por ti.

Repetidamente.

Tanto con ternura como con brusquedad.

Sabes cómo burlarte de mí.

Satisfacerme.

Despertarme con tus labios, dientes y lengua.

Para hacerme llorar y gemir.

Suplicar.

Mi cuerpo tiembla.

Quiero hacer cosas pervertidas contigo.

Asistir a comidas y eventos.

Hacer amigos en tu estilo de vida.

Participar en juegos sexuales en fiestas.

Descubrir más deseos secretos.

Liberar nuestras inhibiciones.

Explorar nuestros lados más oscuros.

Llevarnos el uno al otro a lo más alto de los máximos y luego consolarnos el uno al otro cuando caemos en el más bajo de los mínimos.

Quiero ser dominada por ti.

Gruñó porque soy tuya.

Haces que mi pulso se acelere y que la respiración se detenga al oír tus órdenes.

Silencioso o brusco, ambas situaciones me hacen sonrojar.

Tengo muchas ganas de que me sujetes contra la pared con tu polla entre mis piernas, presionado contra mi coño.

Que me ordenes follarte ... que venirme solo cuando tú lo digas.

No tengo más remedio que ceder cuando torturas mis oídos, cuello y pechos con tu boca.

O cuando siento tus manos sobre mi cuerpo mientras reclamas lo tuyo.

Mi pecho se hincha de orgullo cuando dices que soy una "buena chica" por hacer lo que quieres.

Quiero estar atado por ti.

Físicamente.

Mentalmente.

Con tus manos, esposas o cuerdas.

Mis muñecas sostenidas en tu agarre por encima de mi cabeza o aseguradas a la cabecera de la cama.

Piernas restringidas, juntas o separadas.

Mis movimientos y reflejos controlados.

Cualquier posibilidad de tocarte eliminada.

Una venda sobre mis ojos para no ver lo que me vas a hacer.

Quiero ser jodida por ti.

Desnuda y abrumada bajo tu cuerpo mientras me arrasas.

Quedarme libre de restricciones sin un toque de ninguno de los dos, usando solo tus palabras para hacerme retorcerme y gemir mientras arruinas mi mente deliciosamente.

O los toques simples y ligeros que has descubierto que me sacan múltiples orgasmos sin importar dónde acaricies mi cuerpo.

Quiero que me utilices.

Ser arrastrada de un sitio a otro a tu antojo.

Abrumada cuando lucho.

Mi trasero desnudo golpeado mientras me sujetabas.

Mis juguetes usados en mí ... por ti.

Tu mano aferrada a mi cabello en la parte de atrás de mi cuello.

Presionando ligeramente sobre mi garganta mientras me miras a los ojos.

Para recordarme quién está a cargo.

Quiero obedecer tus reglas.

Cuando estás fuera de mi alcance, me dan algo en lo que concentrarme.

Están definidas teniendo en cuenta mi mejor interés.

Sé que serás disciplinado en consecuencia si las rompo.

Que confíes en mí para ser honesta contigo cuando te he desobedecido.

Quiero que me consueles.

Acurrucada contra ti cuando estoy a abrumada o tengo un mal día.

Mi cabello acariciado y besado con mi cabeza acurrucada debajo de tu barbilla contra tu pecho.

Calmada por tus palabras y tus brazos a mi alrededor.

Mecida hasta que cese cualquier lágrima.

Quiero cuidarte.

Para abrazarte cuando estás triste, cansado o enfermo.

Seré tu fuerza, alguien en quien apoyarte, porque incluso un Dominante puede tener momentos débiles.

Como tu sumisa, estoy aquí para ti en cualquier situación que me necesites.

Para complacerte o aliviar tu dolor.

Quiero todas estas cosas y más.

Porque soy sumisa de esa manera.

Como tu dominante ...

FANTASTIC GIRL

PRIMERA PARTE
ROBERT Y MONICA

Hace seis años

Estamos en primavera, los escolares esperan ansiosos la llegada del verano, de los viajes, de las aventuras amorosas; los pensamientos de todos no se dirigen a los libros, sino a lo que harán una vez que terminen las lecciones.

En una clase como muchas otras, Monica y Robert se sientan en los pupitres. Se conocen desde el primer año. Ellos son amigos.

ELLA: Monica; 15 años; hija de 2 agricultores; cabello oscuro, ojos oscuros.

Características distintivas: hermosa; la naturaleza ha sido muy generosa con ella: un rostro espléndido, dos ojos de cuento de hadas, una piel suave e impecable, un cuerpo hermoso, tonificado y bien formado, unos senos aún no desarrollados, pero impresionantes por su firmeza; a esto se suma el hecho de que desde niña siempre ha tenido la costumbre de llegar a la escuela a pie o en bicicleta, dada la mala situación económica de sus padres, recorriendo kilómetros y kilómetros cada día; además, ayudaba con frecuencia y de buena gana a sus padres con el trabajo en el campo; cuando podía, le gustaba relajarse nadando en el pequeño lago cerca de su casa. El resultado es una chica hermosa, que te deja sin aliento solo para verla desde lejos.

No es muy buena en la escuela, no le gusta mucho estudiar. Por otro lado, sobresale en todos los deportes: ni los chicos pueden hacerle frente.

Espera graduarse, encontrar un trabajo honesto que la ayude, encontrar al chico de sus sueños, formar una familia, más adelante; su sueño, sin embargo, sería convertirse en una atleta establecida. Por eso, en cuanto puede, entrena, corre, nada, hace gimnasia sola en el campo (sin poder costear un gimnasio).

ÉL: Robert, 15, hijo de 2 profesores universitarios; cabello castaño, ojos azules. Heredó una mente extraordinaria de sus padres; podría sacar notas por encima del promedio sin estudiar, pero sus padres quieren lo mejor para él: desde niño lo obligaron a estudiar 4 idiomas diferentes y le impidieron tener una vida social real; el resultado es un chico muy inteligente pero tímido e introvertido; Sus compañeros a menudo se burlan de él por su apariencia física: no muy alto, un poco gordo, absolutamente negado para cualquier actividad que no requiera solo razonamiento, un físico ya no excepcional, arruinado aún más por los años dedicados a los libros y en la PC. Nunca ha tenido novia y es consciente de que le costará encontrar una, dadas sus dificultades para relacionarse con los demás; siempre ha estado un poco resignado.

Su primer día de clases.

Ambos llegan tarde, se sientan en el único mostrador que queda libre; para él es amor a primera vista; nunca ha visto una criatura así; estar cerca de ella le hace quedarse en el séptimo cielo; sin embargo, es consciente de que nunca podrá tenerla. Ya se está preparando para verla mientras se va a sentar en otro lugar, cuando ella le sonríe y le pide que le explique una fórmula que no ha entendido: él sonríe a su vez y explica la fórmula con una naturalidad desarmante.

Ellos se hacen amigos; Monica ve en él a un chico tierno y sensible, un amigo; entre ellos se crea una especie de acuerdo tácito; Robert se convierte en una especie de "tutor" escolar y no se escatima en intentar que ella aprenda las materias más difíciles: para él, tenerla cerca es un sueño.

A menudo se reúnen por las tardes para estudiar juntos.

Monica en su ingenuidad no se da cuenta del sentimiento que siente Robert; por otro lado, todos los chicos la miran de cierta manera, y él, siendo más reservado, no deja salir lo que siente; lo ve como un amigo y eso es todo.

Robert, en cambio, con el paso del tiempo, empieza a maldecirse: ¿decirle lo que siente y correr el riesgo de perderla definitivamente o seguir teniéndola así?

Época de graduación - hace tres años

Mónica se ha convertido en una chica aún más hermosa que antes: ahora es más mujer. Su feminidad es más evidente en sus formas, su rostro espléndido más formado. Sus habilidades deportivas la han convertido en una atleta completa a nivel nacional; después de sobresalir en todos los deportes femeninos de la escuela secundaria, se convirtió en gimnasta profesional; ahora su objetivo es intentar terminar el bachillerato con dignidad para dedicarse por completo al deporte.

En esto le debe mucho a Robert, quien la ayudó mucho, a menudo incluso haciéndola copiar en su trabajo de clase; el hecho es que lo ve feliz de ayudarla, y no ve nada malo en ello.

En su ingenuidad no se da cuenta del sentimiento que él tiene por ella.

También porque desde hace unos días sale con un chico, del que se está enamorando ... bueno, al menos parece que está enamorándose, las clásicas cosas que pasan en la adolescencia. Se reúnen por las tardes y los fines de semana, pero aún no es oficial. La atracción entre ellos es fuerte, casi siempre hacen el amor, hay un fuerte entendimiento.

Últimamente no ha visto a Robert con frecuencia, ahora está bastante avanzada en sus estudios, ya no lo necesita; y luego se está volviendo aburrido.

Robert creció, especialmente en la escolástica. Ha ganado varias becas, especialmente en los campos de tecnología de la información, electrónica y programación.

Muchas empresas de prestigio ya lo están evaluando para entrevistas y ofertas de trabajo.

Es un genio, triunfa muy bien en todo lo que hay que pensar.

Pero está triste.

Sus habilidades no impresionan a la mujer de sus sueños, que ahora se ha convertido en una obsesión. En un intento desesperado por sumar puntos, se inscribió en el equipo de fútbol de la ciudad, esperando poder acercarse a los intereses de Monica ... con resultados desastrosos. Dejó al equipo y se burló de Félix, el capitán.

Se está resignando a la idea de perderla, ya que ella está aprendiendo a estudiar por su cuenta y, sobre todo, se adentrará en el mundo del deporte para dejar el suyo.

A veces se encuentra siendo persistente con ella:

"¿Estás segura de que no quieres que te eche una mano para tu prueba de geometría? De verdad, creo que necesitas una mano, todo el mundo lo pasa mal ..."

Ella lo silencia "escucha, no insistas, ya me basta a mí sola, y además voy aprendiendo, gracias, pero no insistas".

Estas son ahora conversaciones comunes entre los dos.

Hace dos años

A Monica no le gusta estudiar, especialmente a finales de mayo. Prefiere nadar, pasear ...

Robert sabe que debería rendirse, pero la obsesión es más fuerte que él.

No puede evitar buscar en Internet todas las fotos de ella descargadas de los artículos sobre atletismo, ha creado su propia carpeta personal.

Hay una foto muy celosamente conservada de un artículo sobre campeonatos regionales, en la que se la retrata en todo su esplendor, envuelta en un ajustado traje que deja poco a la imaginación, tomada durante un ejercicio de peso corporal, mientras está haciendo una especie de puente, destacando sus formas y músculos.

Esto no puede continuar.

Tiene que ir con ella y hablar con ella, expresarle lo que siente.

Decide llamarla, para concertar una cita, absolutamente debe hablar con ella:

...

Monica: "pero lo siento si es tan importante, dime algo por teléfono"

Robert: "Bueno, decirlo por teléfono es vergonzoso, digamos que se trata de nosotros dos, aquí estoy yo ..."

Monica: ¿¡Qué!? ¿Nosotros dos? Escucha Robert, tú y yo somos amigos, nada más, si eso es lo que querías decirme, ¡evita venir!

... tu... tu... tu... tu...

Está visiblemente molesta, está ocupada esa noche y no puede entender el hecho de que Robert ha estado a su lado todo este tiempo con motivos ocultos; y luego últimamente se ha vuelto demasiado insistente.

Robert está destruido.

Ahora sabe que también la ha perdido como amiga.

No se rinde, decide acudir a ella para una aclaración, al menos quiere que vuelva a hablar con él.

Conoce el camino, solo que le parece muy corto, comparado con lo habitual: ¿qué le dirá?, ¿cómo comenzará el discurso? Ahora ha adivinado la verdad y la ha perdido para siempre. ¿Cómo puede ser remediado?

Cuando se acerca a la entrada de la casa, escucha un chorro de agua en el estanque adyacente a la casa de Monica.

Robert sabe que le encanta nadar por las tardes para mantenerse en forma.

Ella es más fuerte que él, en lugar de llamar a la puerta se acerca al estanque, con la intención de llamarla.

"Monica ..."

No puede oírlo, está bajo el agua.

Mientras nada, Robert logra verla en toda su belleza; su cuerpo parece estar hecho de mármol, pero conserva una increíble sinuosidad y feminidad. Se mueve sobre el agua con gracia y poder al mismo tiempo.

En ese momento está entre los árboles y, cuando está a punto de volver a llamarla, la ve salir del agua ...

Su voz se queda colgando de su garganta.

Nunca la había visto así.

Ella está desnuda.

Se acerca a la orilla, sale en todo su esplendor, las gotas de agua dibujan hermosas trayectorias por todo su cuerpo, mientras sale y se retuerce el pelo. Los senos abundantes pero firmes se mueven sinuosamente junto con los músculos pectorales; en el abdomen destacan los abdominales esculpidos de años de ejercicios. Las patas afiladas, largas, pero también definidas y musculosas. Su cuerpo es un himno a la perfección. Cuando se acerca a la orilla, Robert ve toda su desnudez y permanece inmóvil sin poder emitir ningún sonido.

Pero sucede algo inesperado.

Ella no está sola.

Robert oye risas detrás de un arbusto hacia donde se dirige Monica.

Ahora la ha perdido de vista, pero puede escuchar risas, gemidos de placer y más risas.

"Monica, creo que deberías hablar claro con Robert, decirle que estamos juntos y dejar de engañarlo, una chica como tú enamoraría a cualquiera ..."

"pero no pensé que tuviera motivos ocultos ... es ... es solo últimamente que se ha vuelto insistente, inexplicablemente celoso, posesivo, esto me está dando muchos problemas ... yo ... no sé cómo decírselo, él no parece entender. Tal vez debería haberlo sabido hace mucho tiempo ".

"Es mejor aclarar cuanto antes, si no lo haces yo lo hago"

"no te preocupes, ¿estás celoso? ¿Cómo pude sentir algo por él? Al principio al menos pensé que era amable, amistoso, pero ahora creo que entiendo sus verdaderas intenciones; y luego físicamente ... aquí ... es repulsivo .... ciertamente no como tú ... "

Ambos ríen.

Dejan de hablar y comienzan a besarse y a abrazarse nuevamente.

Robert está simplemente petrificado.

Después de todos estos años que ha estado cerca de ella ...

Esas palabras le dejan helado.

Le gustaría gritar su enojo y frustración al mundo entero, pero sería inconveniente hacerse oír en ese momento.

Lo más lógico es alejarse en silencio, y es una decisión que está casi clara en la mente.

Subiendo por la orilla, con muchas dificultades, busca un camino menos empinado que antes; al hacerlo, tropieza con una rama con el consiguiente ruido sordo.

"Oh vaya, ¿escuchaste eso, Monica?"

"¡Supongo que sí! ¿Quién puede ser? ¿Alguien ha venido a espiarnos?"

Se visten lo menos posible y deambulan entre los árboles en busca del intruso.

Robert está huyendo, en este punto comienza a correr sigilosamente, pero el hombre está sobre él en segundos.

Reconoce, en la penumbra, al capitán de la selección de fútbol del colegio.

Félix.

"¿Robert?"

"¿Qué? ¡No me digas que viniste aquí para espiarnos!"

"... nn ... no ... por favor chicos, no es como piensas, Monica ... yo ... aquí vine solo para hablar contigo, escuché un ruido y vine al lago, tu no me escuchaste, pero te llamé ... "

Un puñetazo en la mandíbula lo interrumpe abruptamente.

"Eres una especie de gusano inútil, ahora te enseñaré a venir a espiar a MI novia"

"... no, Félix, por favor ..."

Una rodilla en el estómago lo silencia aún más.

Robert está en el suelo, indefenso.

Pero más que el dolor físico es la atroz humillación que está sufriendo lo que le hace sufrir.

Monica toma la mano de Félix antes de que lo golpee de nuevo.

"¡Detente, Félix!"

Robert tiene un respiro. Quizás Monica quiera escucharlo, consciente de todas las tardes que pasamos juntos.

Nada más lejos de la realidad.

Ella se acerca a él, medio desnuda, en ropa interior y una camiseta sin mangas ligera todavía mojada para el baño.

Destaca mucho el contraste entre ella, alta, guapa, fuerte, de color sano, un poco bronceada ... y él, en el suelo, encorvado sobre sí mismo, hombros y brazos delgados, una barriga en la cintura creciendo, consecuencia de años pasados, estudiando.

Ella está por encima de él y la ve como un ángel en su rescate.

Una visión de sueño, está fantaseando con besarla, pasando sus manos sobre ese cuerpo fantástico, acostado en una playa desierta, con ella para siempre.

Monica lo devuelve a la realidad. Lo levanta con una mano por su camisa, lo mira directamente a los ojos.

"Félix, es inútil que te ensucies las manos con esta nada, golpearlo solo terminaría en problemas. En cuanto a ti, subespecie de molusco, nunca me vuelvas a hablar, fui tan ingenua al pensar que estabas cerca de mí amigablemente, pero lo hubiera hecho Tenía que haber entendido de inmediato de qué estaba hecha toda tu insistencia, de celos, obsesión; imprime bien esta voz y esta cara en tu mente, porque nunca volverás a hablarme. Gracias a Dios me iré la semana que viene, para ir a un lugar donde espero no haya nadie dispuesto a ofrecerme ayuda "desinteresadamente" y luego espiarme en mi intimidad".

Desaparecerá.

"Vámonos a casa, Félix. "

Robert en el suelo, incapaz de mirar atrás, en un baño de lágrimas, se arrastra a casa.

El dolor físico casi no lo siente.

SEGUNDA PARTE
SONIA Y MONICA

29

Hace 3 años

Ella: Sonia, 18 años, su padre trabaja como empleado, su madre es profesora de biología molecular. Dos buenas personas. Ella no es hermosa. Menuda, pálida, no importa mucho, es lo suficientemente femenina pero ciertamente no es provocativa. Es una chica inteligente, heredó de su madre una gran pasión por la biología y la genética.

Muy reservada y recatada, nunca ha tenido chicos, no tanto por su apariencia física, no exuberante pero tampoco reprobable, sino porque NO le interesan los chicos.

Sus intereses se limitan a la lectura, la investigación, la genética. Una chica fría, calculadora e insociable.

Y de un sadismo sutil, innato e inexplicable.

A menudo le pasa que va al laboratorio, a escondidas de su madre, a buscar algún animal y torturarlo sin motivo preciso. Le gusta esa sensación de poder sobre la víctima y ver el intento infructuoso de escapar de su destino por parte de los ejemplares más fuertes.

Y gracias a su capacidad para medir su crueldad, nunca ha matado a nadie.

Sus víctimas favoritas son las más vitales y resistentes, por lo que puede esforzarse más sin consecuencias permanentes.

En este sentido, nunca pensó que podría torturar a ningún espécimen humano, incluso aunque la idea la tienta mucho.

Hasta ese día.

Estamos en abril de hace dos años.

Sonia se prepara con desgana para seguir la lección de gimnasia con sus compañeros.

Un aburrimiento mortal, además de un esfuerzo considerable.

En las vueltas de calentamiento del gimnasio, siempre se queda atrás junto con Robert, el sabelotodo de la escuela. De vez en cuando se hablan, intercambian dos palabras hablando de esto y aquello.

Claramente, no sienten ningún tipo de atracción mutua, solo se hacen compañía en las horas del gimnasio.

Ella lo encuentra muy inteligente y está de acuerdo con él en muchos aspectos de la vida cotidiana.

Solo hay una cosa que no entiende el significado: el sentimiento que tiene por Mónica, esa guarra gimnástica, arrogante, estúpida y, sobre todo, insensible, vista como "explotadora" del pobre Robert. No entiende cómo un chico inteligente puede ser burlado de esa manera y, al mismo tiempo, ser persistente y terco en su obsesión.

El suyo es puro desprecio.

Sin embargo, hay algo que confunde sus sentimientos: el cuerpo de Monica. ¿Es posible que la naturaleza sea tan burlona como para encerrar a una persona tan superficial, insensible y estúpida en un caparazón tan perfecto?

A veces, en el vestuario, se da cuenta de que la está mirando más tiempo del que debería, pero no entiende por qué.

Esa estúpida hora de gimnasia está a punto de terminar, solo esperando el último ejercicio en el poste y luego yendo a hacer la prueba en clase de biología, que terminará en diez minutos, por el habitual genio Robert, y luego todos los otros, que tardarán un poco más.

Fue esa pequeña perra Mónica quien insistió en que quería trepar al poste, animada en voz alta por todos los demás, por supuesto.

Mientras Sonia se prepara para intentar en vano trepar, Mónica la golpea involuntariamente, haciéndola golpearse la nariz contra el poste, con una carcajada generalizada.

"Silencio chicos, vamos, hagan este ejercicio rápido, ya llegamos tarde ..."

"lo siento ..." dice Monica, y con una ligereza casi animal sube a la cima y luego desciende con la misma rapidez.

"Lo siento, maldita tonta" ... eso es lo que Sonia está pensando, pero solo está pensando. Mientras se aferra al poste fingiendo un vano esfuerzo por trepar, observa a Mónica en el poste contiguo: camiseta blanca, shorts oscuros (como en el uniforme escolar), bragas y sujetador que se ven. A medida que sube parte del pantalón corto baja por el contacto con el palo, dejando al descubierto una tanga negra y parte de sus nalgas blanquecinas que se contraen con el esfuerzo. En el camino hacia abajo, sin embargo, es la camisa la que se levanta, dejando al descubierto el ombligo y el abdomen plano. En el momento en que se baja del poste hace el gesto de levantarse la camisa para secarse la cara, mostrando la perfección de su abdomen.

En ese preciso momento, Sonia se ve a sí misma en su laboratorio con sus instrumentos y Mónica semidesnuda, sudorosa y jadeante, inmovilizada en una mesa con cordones y correas de todo tipo, mientras espera que ella haga su trabajo tratando de retorcerse de diversas formas como un animal de laboratorio ... "las excusas no son suficientes, asquerosa perra, ahora te enseño yo educación".

Había oído hablar del orgasmo a sus compañeras y, de hecho, se había acariciado ligeramente, sintiendo un sutil placer.

Pero en ese momento, imaginar esa escena, mientras ella se aferraba al poste, le provoca un placer devastador, como si tuviera que contenerse para evitar gritar.

Desde ese día su vida ha cambiado, ve a Monica como una potencial víctima de sus fantasías y se complace en ello.

Los animales ya no son suficientes.

Unas semanas después.

Qué estúpida se siente Sonia.

Su obsesión por Monica la había privado de claridad.

Debería haber imaginado que nadie la complacería con sus juegos perversos.

Y no debería haber invitado a Monica a su casa.

Por otro lado, no se resistió. En los baños, después de clase, la encontró frente a ella por enésima vez, y esta vez desnuda, mientras se duchaba.

Mientras Monica estaba enjabonada con los ojos cerrados, los de Sonia se comieron ese cuerpo en cada centímetro, envidiando por un momento esa esponja con la que se solía lavar.

Mientras corría la fantasía en su cabeza, las otras chicas notaron la fijación de Sonia y se rieron a escondidas.

Se quedaron solas después de cinco minutos.

Monica: "¿Por qué tardas tanto? Pensé que era la única a la que le encantaba una ducha larga ..."

"... ¿cómo? Ah sí ... bueno, es relajante"

Estaba a punto de irse y cerrar los grifos.

"Oye, Monica, te queda un poco de jabón en el trasero"

"¡Uh gracias! ¡Qué espíritu de observación! Ahora me voy que esta noche tengo la carrera campo a través, si también gano con los chicos estableceré un nuevo récord, ¿sabes?"

"Eh, eres muy atlética, además de bonita"

"Gracias" sonríe, no imagina malicia por parte de muchos hombres, y mucho menos de una mujer.

"Por cierto, ¿sabes que muchos deportistas utilizan la electroestimulación? ¿La utilizas tú?

"Bueno, no por ahora, aunque he oído hablar de eso; no sé mucho al respecto"

"¿En serio? ¿Quieres venir a verme? Tengo algunos dispositivos, para estudios de biología, ya sabes. Puedo dejarte probarlos ..."

Ella había ido a su casa.

Como dos amigas.

Sonia no se atrevió a decirle que usaba esas herramientas para sus juegos sádicos con los animales de laboratorio.

Se habían encerrado en la habitación.

"Ahora. Desnúdate ..."

"¿Perdón?"

Sonia no era muy sociable y no entendía que unas pocas palabras circunstanciales suelen ser de buen gusto, antes de ir al grano.

"Bueno ... bueno ... ¿no estabas aquí para probar los electroestimuladores? Tengo que aplicarlos por todos lados. Puedes quedarte en ropa interior y sostén, si quieres"

Mónica, un poco molesta, empezó a desvestirse, ya que básicamente vino por eso, así que no armó un escándalo.

Sonia ya casi había perdido el control cuando ella se levantó la camisa. Con los ojos casi angustiados observó a su nuevo conejillo de indias de laboratorio.

"... escucha, ayer hice una carrera de treinta kilómetros, estoy un poco cansada, tal vez no podríamos probar esas cosas tuyas primero solo en algún lugar y luego ver si duele?"

Treinta kilómetros y está un poco cansada, pensó Sonia; una atleta perfecta; en este espécimen puedo probar todo y más ... y ya su mente estaba perdida en la idea de todo lo que podía probar en una mujer como esta: pruebas de fatiga, estimulaciones prolongadas de placer mezcladas con dolor, controles de umbral, de dolor ...

Fue interrumpida en sus pensamientos por Monica quien la vio como en trance

"¡Oye, Hola! Sonia, ¿estás aquí conmigo?"

"ah sí, claro, intentémoslo ... en las nalgas, está bien"

"Buah ... ¿En las nalgas?"

"¿Por qué? ¿Estás avergonzada? ¿Puedo ayudarte ..."

Después de poner gel en abundancia en los electrodos los dispuso con mucho cuidado, casi maniáticamente en las nalgas y en parte de la parte interna del muslo.

A Sonia no le parecía real que pudiera tocar a este animal con impunidad, y tuvo que abstenerse de demorarse demasiado en su carne para no hacerla sospechar. Pero la posición en la que se había colocado, piernas separadas, ligeramente inclinada hacia adelante, con una mano sujetando su cabello quieto y la otra apoyada en la mesilla de noche, en ropa interior, hacía imposible no probar la firmeza de sus nalgas y el interior del muslo.

Monica se dio cuenta de esto y pareció un poco molesta.

Entonces Sonia se recompuso.

"Ok, ahora te estoy enviando pulsos de 1 segundo en el nivel 1"

Monica sintió un cosquilleo, pero nada se movió.

Entonces Sonia pasó directamente al nivel 3.

Monica sintió que sus músculos se contraían cada segundo; inicialmente la tomó por sorpresa, luego comenzó a encontrarlo casi placentero.

Sonia vio contraerse los glúteos y los aductores y empezó a entrar en crisis. Le hubiera gustado aturdirla, despojarla de lo poco que le quedaba, atarla bien y llegar progresivamente al nivel 10 en todo su cuerpo.

Pero era una fantasía.

Casi se derrumba cuando apenas escuchó un gemido en el momento de la contracción.

¿Era posible que a ella le gustara?

A no ser que...

Se le ocurrió la idea malsana ...

"Escucha, ya que creo que te está gustando, ¿podemos probarlo en todo el cuerpo?"

"Ah bueno si, ok"

La colocación de los electrodos duró más de diez minutos.

Sonia quería disfrutar de cada momento que tocaba ese hermoso cuerpo.

Le había puesto electrodos por todas partes.

Los más pequeños en bíceps, tríceps, pantorrillas.

Aquellos un poco más grandes en abdomen, espalda, pectorales, muslos, además de los que ya tenía.

Con una excusa poco creíble, diciendo que tenía que conectar "la masa del equipo", efectivamente la inmovilizó a un marco que se usaba como colgador en el laboratorio.

Y también le había quitado el sostén diciendo que "solo para estar segura" tenía que colocar sensores en esa área para los latidos del corazón. De esta manera envolvió sus pezones con electrodos especiales y aseguró la parte del pecho a la estructura.

El resultado fue Monica atada en forma de X, con un cuerpo prácticamente desnudo si no fuera por su pequeña tanga negra, y los electrodos adheridos a la mayor parte de su cuerpo, por delante y por detrás.

"... pero ... pero ... no puedo moverme"

"Así puedo poner los electrodos donde quiero, y con brazos y piernas estirados tus músculos funcionarán mejor"

Monica no entendía mucho y le parecía muy extraño, pero confiaba en eso.

Todos los electrodos estaban conectados a una máquina que Sonia manipulaba con manos expertas.

Comenzó con los niveles 3 y 4.

Embelesada por esa obra de arte viviente, dosificó los niveles e intervalos a voluntad, admirando cómo todos los músculos de Monica estaban prácticamente a su servicio.

Monica encontró esto un poco extraño, pero la sensación física era placentera.

Sin embargo, había algo que la inquietaba en los ojos de Sonia, parecía casi extasiada.

—Bueno, interesante, Sonia. No te pregunté cuánto suelen durar estas sesiones. No, te lo digo porque tengo una cita esta noche y no quiero ...

Fue silenciada por una mordaza que Sonia, en medio de un éxtasis, se la metió violentamente en la boca, inmovilizándola aún más contra la estructura.

"¡Cállate, perra!"

Mónica, casi incrédula, intentó liberarse, pero fue en vano. De la mordaza emitió sonidos casi animales, de rabia incontrolada, cuando Sonia se acercó a ella.

Comenzó a lamerla, besarla, mordisquear cada punto de su cuerpo.

Y lo que más la excitó fueron los estallidos de rebelión y repulsión que tenía su conejillo de indias.

Durante los siguientes cinco minutos, elevó el nivel a 7 y vio que los músculos de ella se contraían de forma poco natural, y el sudor aumentaba aún más la conductividad de los electrodos.

Mónica pasó de un estado de ánimo primero a una ira incrédula, luego al pánico y, finalmente ... casi a la excitación. ¿Cómo era posible excitarse ante una mujer tan depravada? Además, su cuerpo en violentos espasmos le decía lo contrario.

Sonia había notado que la tanga se había mojado y sonreía diabólicamente. Se acercó y empezó a jugar con el tanga con el objetivo de quitárselo.

Sin embargo, Monica quería absolutamente salir de esa situación desesperadamente y la razón prevaleció.

Con un esfuerzo increíble logró romper parte de la estructura metálica y liberar su mano derecha.

Luego se quitó la mordaza y comenzó a gritar con el aliento posible en la garganta, arrancándose todos los electrodos.

Sonia la encontró frente a ella libre y recibió una patada en la cara que la hizo desmayar.

Mónica, presa del pánico, huyó llevándose la ropa.

En un momento de claridad, pensó en alertar a la policía una vez que llegara a casa.

Ahora Sonia y Monica están en la comisaría.

Monica había demandado a Sonia por agresión con fines sexuales, diciendo la verdad en todos sus detalles. Sin embargo, la casa de Sonia estaba aislada y nadie la había visto salir en ese estado ni nadie había escuchado el grito. Además, la historia no era muy creíble, porque a la policía le parecía extraño que una fuerte mujer como ella fuera inmovilizada por una delgada como Sonia. Y luego el "tratamiento" no había dejado ninguna marca en su cuerpo, que ahora estaba en perfecto estado de salud.

Sonia se estaba maldiciendo a sí misma.

¿Qué se le había ocurrido?

Atacarla así.

Ciertamente fue un sueño tenerla, aunque fuera por unos minutos, pero ¿ahora?

Monica nunca volverá a confiar en ella.

La burla de las compañeras y las opiniones de la gente no le interesaban. Lo que más le molestaba es haber perdido el control y haber sido arrojada a una situación peligrosa.

Ciertamente no podría haber predicho que la bestia furiosa rompería parte de la estructura de metal, pero con tal físico ...

Se prometió a sí misma que en el futuro sería mil veces más cuidadosa. Porque todavía está decidida a hacer realidad su fantasía.

Por el momento se limita a manejar la desagradable situación: ante la falta de pruebas, es ella la que acusa a Mónica de haberla agredido con una patada después de haberla casi desnudado para seducirla. La versión de Sonia, con su aspecto de la típica chica de buenas maneras, y de buena familia, sostenida por la herida en el labio provocada por la patada de Mónica, es más probable a ojos de los policías que hipotetizan un ataque de Mónica tras una negativa de Sonia.

Luego de varios días de investigaciones, personas interrogadas, todo termina en un punto muerto por falta de pruebas.

Sonia lanza un liberador suspiro de alivio dentro de sí misma; luego de asumir una expresión asustada e indignada frente a los comisionados. Una vez afuera mira a Mónica directamente a los ojos con una sonrisa malvada y lujuriosa como diciendo: ¿Viste, puta estúpida de qué soy capaz? A sus ojos, eres casi más culpable que yo. Que sepas que tarde o temprano serás MIA...

Monica está desconcertada.

Se da cuenta de que ha actuado con ingenuidad e imprudencia.

Hace apenas unos días, descubrió que Robert, su compañero de estudios, tenía motivos ocultos y llegó a espiarla mientras ella tenía intimidad con Félix.

Y ahora esta compañera de clase la inmoviliza para torturarla. Por suerte tuvo la fuerza para liberarse, de lo contrario ... trata de no pensar en lo que pudo haber pasado. ¿Además de ese estado de excitación cuando estaba indefensa a merced de esa loca?

Mejor no pensar en ello y pensar en su futuro como deportista, volviendo a los entrenamientos.

Y sin electroestimuladores ...

Pequeño paréntesis

Una semana después de los hechos.

Monica les contó su versión a sus compañeras de clase / amigas. Mucha gente le cree a Monica, ella es una chica muy querida y respetada, no solo objeto de envidia y deseo.

Sonia no tiene amigos, es una chica tímida. Como resultado, no le importan las miradas despectivas de la gente. Volvió a jugar sus pequeños juegos con animales de laboratorio y conejillos de indias.

Hoy está prevista una excursión de un día al parque.

Ella estará sola viendo a los chicos y chicas bromear, jugar y cortejarse entre ellos, incluida Monica.

Curiosamente ese día, después de nadar en el lago del parque, un grupo de chicas comienza a reunirse con ella, para hablar de esto y aquello.

Juntas se van a dar un paseo por el bosque.

Cuando llegan cerca de una cascada ruidosa, dejan de hablar.

Sonia se asusta con la mirada de sus improbables amigas.

"Ahora tendrás una pequeña lección"

Es llevada en volandas, incapaz de rebelarse, detrás de una roca, asustada.

Monica la espera detrás de la roca.

"Es toda tuya, Mónica, dale una buena lección, nos quedaremos en la entrada para evitar que nadie se acerque, aunque el lugar es casi desconocido; en unos veinte minutos volveremos a por ti; diviértete".

Sonia está en estado de terror.

La imponente y bella figura del objeto de sus deseos se destaca a un metro de ella. Pero no es lo que le gustaría. A Sonia le gustaría tenerla atada, a su merced, ahora están solas y solo Dios sabe lo que va a pasar.

Mónica se quita los pantalones cortos y la camiseta, quedándose en bikini.

Se acerca a Sonia que por un momento la ve como una amante y cae de rodillas para admirarla.

Cuando ve a Monica así ya no piensa, hace el gesto de besarle el ombligo.

En respuesta, recibe una patada en el estómago.

"Ahora desnúdate, PUTA"

Sin comprender sus intenciones, obedece sin dudarlo.

"Completamente"

Monica también se quita la última ropa.

"No te hagas ideas raras, puta, es que no quiero mojarme la ropa"

Las dos muchachas, desnudas, son un contraste evidente entre ellas; belleza y fealdad, fuerza y fragilidad, sensualidad exuberante y timidez vergonzosa.

Mónica la arrastra del pelo hacia la cascada y la arroja al agua, zambulléndose tras ella.

La toma por el cuello y la levanta.

"Ahora en estos veinte minutos tendré una pequeña venganza, puta, y espero, especialmente por ti, que nunca vuelvas a hablarme ... ah, no te preocupes, no dejaré señales visibles para que me denuncies"

Sonia mira a su ex conejillo de indias con nostalgia y admiración.

Mientras está inclinada con las manos alrededor de su cuello, sus ojos están llenos de ira. En el esfuerzo por levantarla, contrae todos los músculos de su magnífico cuerpo.

Sonia ve a Monica en todo su esplendor y con toda su furia, incluso si la situación está al revés, en comparación con la última vez.

Durante los siguientes 20 minutos, Monica sumerge la cabeza de Sonia varias veces, llevándola al límite. Mientras la sostiene, también le da algunos golpes. Debe desahogar su enfado por haber sufrido ese sentimiento de vulnerabilidad que sintió en la casa de la puta. Y sobre todo por esa excitación sin sentido que había sentido.

Incluso en este momento se pregunta por qué tuvo que desvestirse por completo, el bañador se habría secado con el calor.

Y al estar desnuda y sola con ese ser perverso vuelve a excitarse.

Esto la enfurece aún más, provocando que mantenga la cabeza bajo el agua durante unos momentos más del debido.

Sonia traga agua y comienza a toser convulsivamente.

Monica se detiene, recomponiéndose.

En estos minutos Sonia sufre físicamente, pero claramente sabe que Monica solo quiere darle una lección. Y esto la tranquiliza. Y ver a esa bestia en toda su furia la excita, al pensar en lo que podría hacerle, si está en las condiciones adecuadas.

"Ahora vete"

Monica dice, un poco conmocionada por la inexplicable emoción que sintió justo antes.

Sonia la mira, vistiéndose, preguntándose si los pezones de Monica están tan erguidos por el frío del agua o por otros motivos.

Los ojos se encuentran y Sonia vuelve a tener esa luz diabólica en sus ojos.

-Quiero tenerla-

Mónica piensa en Sonia.

Ésta se va, tosiendo, lanzando miradas asesinas a las "amigas" de guardia.

Monica sabe que sus amigas se le unen cuando les grita.

"¡Déjenla sola!"

Las amigas comprenden el momento difícil y se apartan.

En la soledad de la cascada, Monica se encuentra lidiando con sus instintos.

Ella se encuentra desnuda en el agua; En los últimos tiempos, los sucesos con Robert y Sonia le están haciendo comprender cuánto afecta su impactante belleza a las personas.

Casi se siente culpable.

E incómoda.

Ella se siente observada.

Se vuelve hacia la cima de la cascada.

Una sombra sigilosa huye y se retira al interior de un arbusto.

Mónica, todavía conmocionada por lo sucedido, con un salto prodigioso llega rápidamente al arbusto en lo alto de la cascada y logra agarrar al desprevenido "admirador" ... Robert.

"¿Cómo? ¿Tú otra vez?"

Mónica está asombrada de cuánto más y más es objeto de atención no deseada.

Robert no tiene nada que decir, esta vez sabe que está equivocado y es completamente injustificable.

Mónica, en medio de una furia incontrolada, lo golpea con dos puños y le aprieta el cuello con fuerza.

"¡Maldita sea! ¿Puedes saber lo que quieres de mí? Solo quiero que me dejes en paz. ¿No fue suficiente la lección del lago para ti?"

Robert, incapaz de reaccionar, está en el suelo. Las manos de su amada están agarrando su cuello mientras ella se sienta encima de él, desnuda a horcajadas sobre él. A pesar de la peligrosa situación, al ver esa belleza salvaje, no puede evitar estirar las manos sobre el cuerpo desnudo de Monica, excitarse, ahora no tiene nada que perder.

Mónica apenas comprende la situación, y cuando nota un bulto inequívoco en los boxers del chico, repelida por la apariencia del individuo, le da una patada firme en las partes bajas, provocándole un dolor indescriptible.

La situación de ella desnuda sobre un chico en el suelo, combinada con los hechos de justo antes, vuelve a provocar una extraña excitación en la chica, casi fascinada por su poder y fuerza, y por el efecto que tiene en las personas.

Empujando con fuerza el pensamiento fuera de su mente, huye dejando a un Robert físicamente aniquilado en el suelo.

Lo que le acaba de pasar, esa violenta patada, le está provocando un dolor insoportable en las partes inferiores.

El objeto de su deseo es cada vez más inalcanzable para él, y él cae cada vez más bajo

Últimamente se había enterado de lo que pasó entre Sonia y su objeto de deseo.

Esto le molesta mucho. Sobre todo, se pregunta cómo logró Sonia convencer a Mónica de que se inmovilizara así. Luego, la historia de los electroestimuladores ... se avergüenza de sí mismo al excitarse con solo pensarlo.

Siente cierta envidia por esa extraña chica delgada y fea apasionada por la genética: pensó tenerla, aunque solo sea por unos minutos y de forma perversa.

¿Y cuánto habría dado por estar a solas con ella en esa casa, con ella completamente desnuda y atada?

¿Pero en qué está pensando? No, pensar en estas cosas solo le hará daño.

La resignación digna es mejor.

TERCERA PARTE
MONICA Y SU DISFRAZ

45

2018 – El deporte

Nadie que haya visto a Mónica en los últimos años, su cuerpo, lo que es capaz de hacer, incluso en competencia con los chicos, tendría la más mínima duda de que tiene todas las credenciales para convertirse en una atleta de nivel absoluto. Casi parece, a los 21 años, que excede las leyes de la física por momentos. Lo sorprendente de ella es el hecho de que sobresale tanto en disciplinas donde se requiere fuerza (como lanzamiento de peso, lanzamiento de jabalina) como en disciplinas de velocidad como correr; logra adelantarse a los deportistas negros en disciplinas puramente de velocidad, provocando asombro, admiración e incluso envidia por parte de los deportistas que la rodean.

La natación le permite mantenerse en forma, pero incluso en esta disciplina sobresale y logra mantenerse a la par con la mayoría de los chicos.

La disciplina en la que logra combinar todo con resultados excepcionales es el salto con pértiga, tanto es así que se centra más en esa especialidad, con un poco de arrepentimiento por no poder competir en todas las disciplinas (lo que fácilmente podría hacer).

Su relación con Félix terminó hace mucho tiempo, a pesar de la atracción que sentía, ella no podía soportar sus celos; por otro lado, comprende, al verse en el espejo, que ningún hombre puede dejar de admirarla. Pero es mejor así, en ese momento se siente bien consigo misma y libre.

Solo desde un punto de vista profesional falta algo. Es cierto que se está preparando para los Juegos Olímpicos, que ya es bastante famosa, que le han propuesto desfilar, posar para calendarios ... sin embargo se siente casi atrapada por esa vida de entrenamientos y carreras.

Le gustaría tener más satisfacción.

El nacimiento de la superheroína

Un domingo como cualquier otro, después de pasar un sábado en una discoteca con amigos y una maravillosa noche de amor con un chico que conoció esa misma noche, mira la televisión y se siente intrigada por una serie en la que se disfrazan tres hermosas chicas en un traje ajustado y ... roban.

Mónica no tiene problemas económicos, aunque no navega en oro, pero prevalece su deseo de probar nuevas emociones.

Una noche se coloca un ajustado traje de baño gris oscuro.

Lo usa sin nada debajo.

También prepara una cubierta facial, que también sea ceñida.

Su primera "misión" es explorar la ciudad.

¿Cómo hacerlo sin ser vista?

Sus habilidades atléticas vienen en su ayuda ... y también su eje.

Desde la ventana de la residencia, a las 2 de la madrugada, baja silenciosamente sin ser descubierta, también ayudada por el color del traje.

Aunque no se le puede ver bien así, decide cruzar las zonas menos concurridas.

Los techos son los lugares más fáciles para tener todo bajo control.

Mónica está satisfecha de sí misma: la idea de saltar de techo en techo ayudada de un poste, además de permitirle tener la situación bajo control, le permite entrenar aún más (como si lo necesitara).

Después de la primera noche de patrullaje vienen más, pero hasta ahora parece más un juego.

Una noche se da cuenta de que un grupo de delincuentes está forzando la entrada a un supermercado.

El sentido común le dice que advierta a las autoridades ... pero su valor prevalece.

Con un salto prodigioso aterriza en la azotea del supermercado.

Se deja caer sigilosamente por una ventana para ver a cuatro hombres con pasamontañas vaciar cajas.

Ella no sabe por qué entró allí, ¿qué puede hacer ahora? Quizás solo curiosidad o el deseo de ponerse a prueba.

En sus movimientos le ayuda el hecho de que las luces están apagadas y los delincuentes no son conscientes de su presencia. Pero sucede algo inesperado: el que parece ser el jefe le dice algo a su compañero, que se dirige al tablero de instrumentos encendiendo todas las luces: evidentemente ha notado su presencia.

Con el corazón en la garganta, Monica se agacha detrás del mostrador refrigerado, tratando de ganar rápidamente la salida.

¡Uno de los cuatro la ve!

"Oye, te detienes ..."

Mónica intenta escapar del hombre y lo está consiguiendo, siendo muy rápida; decide volver a la ventana por la que entró, ya se ha puesto varios metros entre ella y el hombre, cuando a la vuelta de una esquina se encuentra con el jefe y otro, ambos con un arma apuntando a ella.

"Final del juego"

Ahora hay cuatro a su alrededor y Monica se maldice a sí misma por su imprudencia y estupidez.

"Ahora dime quién eres y qué haces aquí, mientras tanto, con las manos sobre la cabeza"

Ahora que Mónica está con las manos por encima de la cabeza, el mono ajustado resalta sus formas sinuosas, sus pechos regordetes y firmes, sus nalgas esculpidas, sus brazos musculosos, el hecho de tener miedo, más que el cansancio de correr, la hace respirar agitada y sin aliento. Siente los ojos de los matones sobre ella.

"Eres una mujer ¿eh? Interesante, ahora mientras te apunto con esta pistola, quítate ese lindo disfraz, empieza por tu cara, quiero verte en la cara"

Mónica no sabe qué hacer ... los ladrones tienen pasamontañas, las cámaras no son un problema para ellos, pero ella ... su rostro reconocido, su foto en los periódicos, su carrera arruinada, el ridículo de la gente ... está petrificada e incapaz de pensar con claridad.

"Bueno, en este punto ... ustedes 2, sujétenla firmemente"

Los dos se acercan a ella y la toman de los brazos manteniéndolos firmemente detrás de su espalda; ella teme lo peor.

"Jefe, ella es un poco más alta que nosotros, y mire sus brazos ... ¿no sería mejor atarla?"

"Basta, recuerda que somos cuatro y que ella es solo una mujer, cobarde"

El jefe se acerca con la pistola apuntada y hace un gesto para quitarle la máscara.

Mónica, en este punto, siguiendo su instinto, estira una rodilla fuerte hacia las partes inferiores del hombre, lanza con fuerza a los dos que la sostenían contra la pared, quitándoselos de encima como a dos ramitas. Luego agarra la cabeza adolorida del jefe y la arroja contra la pared hacia el cuarto que le apuntaba con el arma.

Con un salto está sobre los dos, toma las armas y las empuja, comenzando a golpear y patear a los dos desafortunados, haciéndolos desmayar.

Los dos restantes, los que le sujetaban los brazos, se arrojan sobre ella con dos barras de hierro. El primero es neutralizado por una patada en la nariz, pero el segundo logra golpear a Mónica en el abdomen; incrédulo ve que la chica siente el golpe y se derrumba por un momento, pero en un segundo ya está de pie y lo desarma. Ahora es el único que no está inconsciente, pero está aterrorizado: ¿quién podría volver a ponerse de pie después de tal golpe?

Monica lo agarra por el cuello y lo golpea contra una pared. Ella misma está fascinada por su fuerza y poder. Recuerda la situación, el sentimiento de espaldas a la pared, con cuatro hombres en su contra, dos de los cuales están armados, sus miradas codiciosas hacia su traje gris, la conciencia de salir victoriosa, la vuelven a excitar ... la misma emoción que la había inquietado hace unos años. La cosa la molesta, aprieta con fuerza el cuello de la víctima ...

Las sirenas interrumpen todo.

Monica se da cuenta del peligro de ser descubierta y escapa rápidamente.

"Espera ... pero quién es, esa cosa vestida de gris, parecía una mujer ... chicos, vengan aquí, hay cuatro ladrones inconscientes en el suelo, fíjense".

Monica es muy rápida, la adrenalina la ayuda.

Alcanzado el techo, use el poste para saltar de uno a otro, el sonido de las sirenas se debilita.

Al llegar a una zona escasamente poblada, desciende de los tejados y comienza a correr a una velocidad vertiginosa, con la vara en la mano, hacia la residencia.

Milagrosamente no es descubierta y cae en su habitación con gran alivio.

Está un poco conmocionada, pero está bien.

Pero, ¿qué le pasa a ella?

Quiere entender.

Va al espejo, se quita la máscara, todavía está disfrazada.

También se quita el traje gris y mira su cuerpo desnudo; ella está sudada de correr. Sus recuerdos vuelan a su primera "patrulla", luego al encuentro con los ladrones, las armas apuntándola, su reacción devastadora ... y hace unos años otra vez ... esa chica perversa que la inmoviliza y tortura. Y ve a la que se libera a la fuerza ... la que sostiene la cabeza de la chica bajo el agua, la que golpea al "voyeur" Robert.

Se observa mientras su mano va a acariciarse, rueda por el suelo, aprieta fuerte sus pechos ... y alcanza un placer nunca antes experimentado.

Está trastornada.

Ni siquiera feliz.

Pero le gustó pasear por la ciudad de noche ...

Al día siguiente de que las noticias y los periódicos hablen de la historia, un video en el que vestida de gris se lanza sobre los delincuentes y huye se proyecta repetidamente en diversas emisoras y en internet.

"Los ladrones, al ser interrogados, revelan cómo este" fantasma gris "salió de la nada y cómo su extraordinaria fuerza le permitió noquearlos ... ahora la gente ya está animando a una improbable superheroína" 'Fantastic Girl', es el nombre más popular ... ¿quién es? ¿Por qué lo hace? ¿Cómo puede ser tan fuerte? Todas las preguntas que, de momento, no tienen respuesta ... "

Al leer el artículo, Monica sonríe, consciente de que no pueden rastrearlo hasta ella.

Fantastic Girl le gusta ...

Por supuesto que la policía la buscará, sigue siendo alguien que no respeta las leyes, bajando por los escaparates de los supermercados de noche y tomándose la justicia por su cuenta...

Decide esperar unas semanas antes de "salir" de nuevo.

Diciembre de 2018 - La captura

Han pasado unos meses desde el nacimiento de Fantastic Girl.

Mónica está asombrada de que una comisión externa al campus haya reunido a una serie de chicas de 16 a 35 años, de gran fuerza física, más o menos de la misma estatura y complexión.

La cita es en el campo de atletismo, donde se hace una fila de chicas para que de una en una entren y se sienten en una habitación, intercambien algunas palabras con una dama y se vayan inmediatamente después.

Mónica está perpleja, pero entra silenciosamente en la habitación.

Una mujer de unos cincuenta años está sentada en la silla con un extraño teléfono celular sobre la mesa (nunca antes había visto ese modelo).

Ahora reconoce a la mujer ya que había sido testigo de su interrogatorio por el episodio con Sonia.

Tras observar a Monica de los pies a la cabeza con una mirada extraña, le pregunta sus datos, nombre, dirección, edad, etc. ...

La última pregunta la toma por sorpresa:

"¿Conoces a Fantastic Girl?"

Monica es incrédula, ¿qué tipo de pregunta es esa?

Después de un momento de indecisión:

"Bueno, sí, sé que es una especie de superheroína que en los últimos tiempos 'vigila' la ciudad ..."

La dama la interrumpe.

"Bueno, sí, en realidad es útil para la comunidad, aunque todavía sea una forajida; por eso la policía quisiera interrogarla, pero no parece muy inclinada a ser detenida; es una pena, la policía quisiera colaborar con ella ..."

"Entiendo, pero ¿por qué vinieron aquí?"

"Bueno, es simple, los pocos datos que tenemos sobre Fantastic Girl es que es una mujer, que es fuerte, alta, atlética y opera en esta región ... digamos que estamos tomando datos de posibles heroínas, nada de qué preocuparse. ... "

La señora mira el teléfono celular.

"¿Eres Fantastic Girl?"

Monica insinúa una sonrisa falsa.

"¡Pero no bromeemos, por supuesto que no!"

La señora mira el teléfono celular.

"Está bien, Monica, puedes irte".

Monica está preocupada, a pesar de que no tienen pruebas para localizarla.

En los últimos meses siempre ha sido cautelosa.

Sus patrullajes eran muy discretos, solo cuando se encontraba con algo grave, como asaltos, robos, violencia, intervenía rápida y letalmente: no recuerda cuántos atracadores, violadores y ladrones había noqueado con relativa facilidad.

Varias veces se topó con la policía, cuyo objetivo era, sin embargo, arrestarla, pero ella huyó rápidamente.

En cualquier caso, los policías la persiguieron como una forma de hablar, más por deber; después de todo, uno así en la ciudad les resultaba conveniente. Por esta razón parece aún más extraño que alguna "comisión externa" se moleste en entender quién es Fantastic Girl.

Y luego esa dama parecía muy, demasiado, segura de sí misma.

Bueno, en todo caso nunca habría renunciado a esa vida: había demasiadas satisfacciones, demasiada adrenalina cada vez que se ponía ese disfraz.

En los últimos meses ha intensificado notablemente su entrenamiento, mejorando aún más (como si fuera necesario) su fuerza y, sobre todo, su elasticidad.

No sabía que su cuerpo podía llegar tan lejos, había descubierto más potencial oculto, desarrollado músculos en áreas que nunca hubiera imaginado.

Y cuando descendía silenciosamente de los techos de las casas para sorprender a los delincuentes y noquearlos, a pesar de que la prudencia sugería lo contrario, siempre prefería ser descubierta, para luego demostrar su fuerza y noquear a cuatro o cinco al mismo tiempo. El asombro de los infortunados, su miedo y la conciencia de su poder le provocaban sensaciones extrañas, similares a las que odiaba cuando estaba con Sonia o Robert.

Esta noche se parecía a cualquier otra.

Ladrones en un centro comercial.

No hay sombra de una patrulla policial.

Es su momento.

Entra y, en la oscuridad, ve a siete hombres armados.

Esta vez será difícil, pero ya ha derribado a más de ellos con su extraordinaria fuerza y agilidad.

Y así sucede.

Al aparecer de la nada, atrapa a los siete hombres desprevenidos y los noquea con facilidad.

Pero no había visto al octavo, que había visto la escena desde arriba.

Un dardo se pega en su brazo; nadie la había golpeado jamás. Después de dos segundos ya está inconsciente.

Esa noche los policías no parecen dar crédito de que "atraparon" a Fantastic Girl, tanto que ya están discutiendo la posibilidad de no revelar que ella ya estaba inconsciente en el suelo para tomarse el crédito e ir como héroes.

En cualquier caso, la esposan y la llevan a la celda, esperando ser interrogada al día siguiente.

Mónica se despierta en su celda, esposada, con su disfraz y ... sin máscara.

Está furiosa, pero consigo misma. Demasiada confianza y ligereza en la actuación, demasiada confianza en sus cualidades gimnásticas.

Ahora su identidad será revelada a la prensa y, lamentablemente, muchas cosas cambiarán para ella.

Podía escuchar a los guardias discutiendo.

"Después de que las fotos de Fantastic Girl sean publicadas, la prensa divulgará la historia de cómo la capturamos NOSOTROS; ya llamé a un amigo periodista, las fotos están en el archivo. Lo siento un poco por ella; pero mientras tanto después de lo que hizo por la ciudad ningún juez tendrá el coraje de sentenciarla, ni siquiera de pagar una multa. Lo único es que ahora todo el mundo sabe quién es. Monica G. es Fantastic Girl, ¿quién lo hubiera pensado? Claro, ahora te explicamos la fuerza física ...

Oye, detente, ¿quién eres tú? Nadie puede entrar aquí ... "

Un ruido sordo. Un golpe. Otro ruido sordo.

Siete hombres con trajes azules entran armados y abren la celda, apuntándola con extrañas armas. Un dardo la golpea y se desmaya.

El día después en los periódicos:

"SENSACIONAL: Fantastic Girl resulta ser la promesa del atletismo mundial Monica G., considerada por todos casi una extraterrestre por sus dotes atléticas, no menos por su belleza. Pero el día de la captura logra escapar de alguna manera, tal vez con la ayuda de cómplices. El caso es que neutralizó a dos guardias y huyó. Nadie la encuentra, no se presentó al entrenamiento. La policía ya dio la alerta fronteriza. Lo cierto es que, si antes era una heroína amada por todos, después de matar a dos agentes es culpable de asesinato ... "

CUARTA PARTE
ROBERT Y SONIA

57

2018 - Carrera, complicidad

¿Quién no ha fantaseado con ser un agente de la CIA?

En el imaginario colectivo son ellos los que son decisivos para hechos de vital importancia como terrorismo, atentados frustrados, etc.

En las películas, por ejemplo, ya ni hace falta hablar de eso.

Agentes, hombres o mujeres preparados para cualquier cosa, más dotados física e intelectualmente que otros, moralmente inflexibles y leales a su tierra natal.

Desafortunadamente (o afortunadamente, dependiendo de su punto de vista) las cosas son muy diferentes en el mundo real.

El "grupo", en primer lugar, no tiene nombre y no es conocido por la gente común.

Claro, la CIA existe, hace muchas de las actividades que se ven en las películas.

Pero quien realmente controla todo no puede estar ahí para que todos lo vean.

Y quien trabaja allí es cualquier cosa menos moralmente incorruptible, es más, se busca lo contrario.

Pero retrocedamos unos pasos.

2017 - Contratación

Sonia no está deprimida, está "en espera", esperando una situación favorable.

Después de las tonterías con Mónica, la gente, a diferencia de con la famosa atleta de la ciudad, la evita.

No pasa un día sin maldecir ese maldito jueves en el que decidió invitar a Mónica.

Por supuesto, ese día también experimentó la mayor emoción de su vida ...

Dada la discriminación que sufrió, ella también tuvo que luchar por encontrar trabajo; por eso está asombrada por la entrevista concedida en una sala de conferencias del mejor hotel de la ciudad; no sabe qué es ni el nombre de la empresa.

"Buenos días Sonia"

"Hola".

Una mujer de unos cincuenta años la recibe, confiada, con una extraña luz en los ojos.

"¿Cómo se siente ser considerada una lesbiana sádica perversa por los ciudadanos?"

"Yo ... yo no ..."

"Oh, Sonia, es inútil negarlo. Mira, yo estaba presente en el momento de la denuncia, cuando me enteré de la naturaleza de la denuncia corrí a esta ciudad y asistí a tu interrogatorio. Mira, fuiste muy hábil en negar e inventar esa historia. que TÚ rechazaste a Mónica y ella te golpeó. Pero yo tenía esto ... "

Un objeto similar a un teléfono móvil.

"Ves, este objeto indica sin posibilidad de error si una persona está mintiendo o no ... y Monica no mentía, te lo aseguro"

Sonia estaba enfadada.

"Mira, no sé lo que quiere de mí, estos miserables engaños me dejan indiferente; su historia ni siquiera se sostiene; si fuera como dice habría tenido que intervenir y arrestarme después del interrogatorio, en lugar de dejar caer el asunto por falta de evidencia "

"¿Y por qué tendría que hacerlo?"

"Pero ... lo siento, ¿no es de la policía? ¿Qué quiere de mí?"

"Ponte cómoda, chica, ahora te diré quién soy y lo que quiero; me interesa mucho tu conocimiento de la genética, por cierto ... ah, háblame de tú"

En unos treinta minutos se lo aclara todo.

El grupo controla el destino del mundo. Lo hace con una mano invisible. Los fondos y las instalaciones que posee son secretos. Al igual que las tecnologías avanzadas que tienen, incluido el "teléfono de la verdad" visto anteriormente. Además de agentes diseminados por todo el mundo, cuenta con un centro de investigación dividido en varios departamentos: ingeniería, física, genética.

El centro de biología / genética se ocupa de experimentos en seres humanos de diversos tipos. Gracias al arriesgado mestizaje, la cirugía, el electroshock, el grupo ha logrado crear el soldado perfecto, a partir del ser humano: son hombres y mujeres perfectamente sanos que han crecido desde que nacen en el laboratorio, pero con una característica fundamental: la obediencia ciega a superior; desprovisto de voluntades y deseos distintos de servir al grupo.

En el centro hay numerosos estudios, siempre experimentando, sobre la fatiga, la resistencia al dolor, el instinto sexual. Estos experimentos se llevan a cabo, solo con fines cognitivos y en espera de desarrollos futuros, en pobres desafortunados.

Los conejillos de indias se seleccionan con cuidado: humanos de ambos sexos, mayores de edad, sanos y robustos en la medida de lo posible para resistir los distintos "tratamientos". Se eligen principalmente atletas, soldados, especímenes físicamente fuertes, incluso prisioneros o prostitutas. Los afortunados se utilizan para la reproducción y se les obliga a aparearse con otros "reclutas" repetidamente. Otros se utilizan para pruebas de fatiga. Los más desafortunados para las pruebas de umbral del dolor. Algunos ejemplares particularmente atractivos son "incautados" por la dirección y utilizados para el placer del personal.

Para el "reclutamiento" se utilizan a soldados perfectos creados, soldados infalibles que logran llevar a cabo secuestros de forma magistral. Los sujetos se eligen entre los escalones superiores de la organización, de la que forma parte la misteriosa mujer.

Los directores del centro están envejeciendo y luchan por mantenerse al día con la tecnología. Se necesita una renovación.

La dirección seleccionó a Sonia por dos características esenciales: conocimiento biológico-genético y su falta de humanidad.

"Querida Sonia, sé que ahora todo te parece irreal. Sepas que si eres uno de nosotros nos dedicarás la vida. El salario no lo necesitarás porque vivirás en la estructura. Pero la mejor recompensa será, para ti, una zona totalmente equipada para tus experimentos, con tantos conejillos de indias humanos y modificados a tus órdenes. Sé que eso te gusta, no te avergüences. Te espiamos mientras jugabas tus "juegos" con los animales. Ven aquí a la misma hora mañana, si eres uno de nosotros. Si no te vemos quiere decir que no te interesa y borraremos tu recuerdo de este encuentro ... sí, claro que podemos. Si vienes con nosotros desaparecerás y para tus conocidos ya no existirás. Lo último: no queremos tener el mundo en las manos, solo queremos comprobar que nadie tiene el poder absoluto. Esto requiere sacrificios, incluso de vidas inocentes.

Adiós, o mejor dicho hasta pronto, Sonia.

Ah, soy el miembro 231, pregunta por mí "

Sonia tiene una noche de insomnio. Ya ha decidido aceptar, pero quiere disfrutar de su "no adiós" a sus padres, a sus conocidos, pensando en lo poco que se preocupa por todos ellos; su único arrepentimiento: ¿volverá a poner sus manos sobre Monica? ¿Quién sabe?

En cualquier caso, desaparecerá sin ruido ...

Al día siguiente llega a la cita con una mochila llena de esas pocas cosas útiles para una mujer.

"Esperaba verte de nuevo, Sonia. Si tienes ropa en tu mochila te digo que no será necesaria, encontrarás todo lo que necesites en nuestras oficinas"

"Ok"

"Créeme, si te portas bien serás recompensada con intereses ..."

Sonia no comprende el significado de la frase, pero se sube, sin dudarlo, a un helicóptero.

La sede del centro de investigación parece estar en medio del mar.

Sonia casi se asusta cuando el helicóptero desciende hacia mar abierto.

De repente, tras una comunicación del piloto por radio, se le revela una isla a sus ojos.

Sonia se queda sin habla.

"Dispositivos de camuflaje, Sonia. La isla también puede cerrarse y sumergirse por precaución cuando la ruta es cruzada por algún barco, pero ha ocurrido una vez en los últimos treinta y ocho años ..."

Una isla de ensueño, tan grande como una metrópoli.

Mucha vegetación y espacios verdes.

Se puede ver una estructura imponente, hacia donde se dirige el helicóptero.

Al acercarse se puede ver a personas con uniformes azules apuntando armas extrañas a hombres y mujeres semidesnudos que corren por un camino vallado a una velocidad vertiginosa.

"Verás, los azules son humanos modificados genéticamente; ya han recibido la aprobación categórica para obedecer incondicionalmente. En este momento, los conejillos de indias están haciendo una prueba de resistencia a los medicamentos para ver los efectos a largo plazo de la sustancia; acá, en cambio, están las residencias para la administración, de la cual tú serás parte a partir de hoy; solo hay seis personas para administrar y dirigir el centro, los demás son humanos modificados o conejillos de indias. Yo doy las órdenes a los seis, reviso el avance de la investigación e informo a mis superiores".

Sonia conoce a los otros seis miembros: George y Rachel, próximos a la jubilación, responsables respectivamente de las partes electrónica / informática y biológica / genética (de las que se ocupará Sonia).

Los demás miembros están a cargo de la logística, las finanzas y los suministros.

"Sonia, trabajarás junto a Rachel durante un mes, después del cual ella disfrutará de su merecida jubilación y tú ... tu merecida misión"

Sonríe.

Ya tiene un poco de práctica.

El primer día después de "contratarla", Sonia se familiariza con los procedimientos y el equipo. Rachel le recuerda un poco a sí misma en la forma en que manipula a los conejillos de indias, fría con una sonrisa diabólica.

Le sorprende cómo todas sus fantasías diabólicas son una simple realidad en ese lugar.

Observa con fascinación cómo una mujer negra está encadenada a un mecanismo giratorio, completamente desnuda al sol.

Se tira de las ataduras para que el conejillo de indias esté en tensión. La operación la completan humanos modificados; en este punto interviene Rachel.

"Después de la operación, como quedará reducida a un estado semivegetal, se utilizará para algunas otras pruebas. Es una pena, me hubiera gustado haberlo hecho sin el tratamiento, pero es el procedimiento. Me hubiera gustado ver cómo reaccionaba en todas sus facultades, tiene un carácter rebelde, que tanto me gusta. Pero hay que tener paciencia.

El mar está lleno de peces ...

Había sido seleccionada para la prueba que estamos realizando este conejillo de indias negro. Carla, es su nombre, una deportista cubana de veintiún años que corre 100m, 200m y también practica salto de longitud, una deportista de gran potencial, como se puede ver en su cuerpo. Aunque todavía no hay tenido opciones de ser famosa, por lo visto "

Sonia observa y escucha con morbosa atención la naturaleza de la prueba.

El conejillo de indias estaba inmovilizado al sol, atado a este dispositivo que funciona como un "asador". Su frecuencia cardíaca era monitoreada con electrodos que Rachel había estado aplicando en diferentes áreas y la temperatura con sondas colocadas en la vagina y el ano.

De esta forma se puede observar cómo reacciona el conejillo de indias a la exposición solar.

La prueba se realiza en hombres y mujeres de diferentes razas y edades para obtener datos estadísticos.

Rachel admira el cuerpo de Nadia: alta, delgada, musculosa, sin una pizca de grasa y, a pesar de todo, con unos pechos bastante grandes. Estaba atada de pies y manos en forma de X; la tensión de las cuerdas hacía resaltar sus músculos.

Por supuesto, sus facciones no eran hermosas, ni muy femeninas, y, de todos modos, incluso como físico no podía compararse a Monica ... ahhh Monica, qué recuerdos, ¿quién sabe dónde estará ahora?

Sonia deja de pensar en Monica y observa cómo Rachel aplica los electrodos y las sondas con frialdad.

Están a punto de irse, pero Sonia se queda unos minutos más para observar a la hembra desnuda y atada al sol, y el funcionamiento del mecanismo que la hace girar lentamente.

Cuando se le forman las primeras gotas de sudor, le pasa un dedo por las axilas, como para hacerle cosquillas a Carla, que tiene un parpadeo, un impulso instintivo de liberarse. La cosa le divierte, así que repite el acto tocándola bajo los pies, en el abdomen, en el pecho. Fue interesante cómo se destacaron los abdominales a pesar de que ella estaba "apretada".

Rachel sonríe.

"Ven, Sonia, tenemos que terminar las pruebas de hoy, ya tendrás tiempo para divertirte después del trabajo"

Bueno, ella se habría demorado más, no habría tenido tanta "prisa".

De hecho, había notado que Rachel no pasaba mucho tiempo con las chicas. Prefería demorarse en los machos, los tocaba mucho, sin ninguna vergüenza, al fin y al cabo, eran conejillos de indias.

El día continuó con regularidad, Rachel explicándole cada vez más el trabajo.

Por la noche, los conejillos de indias se llevan a celdas separadas, y se les alimenta.

La dirección se retira a la residencia, equipada con todas las comodidades.

La cena servida por humanos modificados es deliciosa.

Sonia encaja en el grupo con facilidad.

El miembro 231 brinda por la recién llegada.

"Ahora toca retirarnos a nuestros anexos. Bueno, que todos se diviertan como prefieran ..."

Una risa traviesa, dirigida a Sonia.

Rachel acompaña a Sonia a las habitaciones.

"¿Qué significaba esa risa acerca de la diversión? No entiendo ..."

"Ven, Sonia, ahora te lo explicaré."

La lleva a un ala particular de la sala de detención.

"Aquí están los conejillos de indias que hemos elegido para nuestro 'entretenimiento'; por supuesto que son los ejemplares más atractivos. Podemos hacer con ellos lo que queramos, tener relaciones sexuales, torturarlos o simplemente mantenerlos encadenados en la habitación para admirarlos".

Sonia observa unas veinte celdas.

El logista, un cuarentón, gordo, calvo, va a la celda de una mulata. A un gesto de asentimiento hacia un hombre humano modificado entra a la celda, armado.

"Esta noche es tu turno, amiga; desnúdate completamente"

El conejillo de indias, con terror en los ojos, se desnuda. Ella es una joven mulata, con dos hermosos ojos verdes. Su físico es imponente, casi dos metros de altura, piernas afiladas y musculosas, senos firmes tonificados y naturales, un cuerpo fabuloso.

Sonia se vuelve hacia Rachel.

"¿Quién es?"

"Una bailarina de veintidós años. La elegimos porque vivía en un pueblo pequeño y fue muy fácil recogerla; además de que es hermosa y está dotada físicamente, claro. Esta noche le toca a ella aguantar a Paul: es un sádico, le gusta usar el látigo. Es muy bueno causando dolor sin dejar daño permanente. En cualquier caso, los conejillos de indias que "usó" deben descansar unos días antes de ser reutilizados. Observa..."

Se introduce en la celda un dispositivo rectangular que funciona con ruedas pequeñas; la víctima fue atada en forma de X por manos y pies. Ella llora. Evidentemente, ella sabe lo que le espera.

Paul entra examina lentamente a su presa, la besa, la toca, la olfatea.

"Huele un poco, ¿qué le hiciste hacer hoy?"

"Diez millas nadando por la mañana y cincuenta kilómetros corriendo por la tarde".

"Con razón"

Toma una boca de incendios y la dirige hacia el conejillo de indias. Un chorro de agua fría la golpea violentamente. Después Paul la enjabona minuciosamente, insistiendo en los senos y las partes íntimas, mientras ella intenta en vano liberarse, observando al hombrecillo con desprecio y terror.

Cuando todo termina, la enjuaga y ordena a los humanos modificados que lleven el carrito con la bailarina atada a su habitación.

Rachel se dirige al ala de hombres.

Se detiene frente a la celda de un chico rubio y musculoso. Este es un "compañero" sueco, que tuvo la desgracia de tener a Rachel como cliente, quien, encontrándolo particularmente atractivo, persuadió al Miembro 231 de "reclutarlo".

El procedimiento es similar, aunque está encadenado con la ropa interior todavía puesta.

Rachel invita a Sonia a participar.

El chico es alto y musculoso. Las dos mujeres lo observan como a un animal. Ese día se sometió a un tratamiento intensivo de electroestimulación en todo el cuerpo.

Sonia se mueve detrás de él y le pasa las uñas afiladas por la espalda, provocando explosiones instintivas en el chico. Le gusta ver los músculos contraerse con su toque. Está reevaluando la posibilidad de torturar a los hombres, sin dejar de preferir a las mujeres.

Rachel se une a Sonia, y con manos expertas comienzan a molestarlo y mordisquearlo por todos lados.

El chico sigue sudoroso por el cansancio de la tarde, pero Rachel prefiere no lavarlo; le gustan cuando están un poco sudorosos.

Cuando las dos mujeres se paran frente a él y Rachel comienza a lamerlo en el pecho, Sonia nota un bulto inconfundible en la ropa interior del chico.

Rachel no es una mujer hermosa, de unos cincuenta años, pero la elegante forma en que está vestida y sus habilidades de manipulación entusiasman al semental sueco. Sonia, tomada como por un éxtasis, excitada, pero al mismo tiempo indignada, le da una violenta bofetada y lo agarra del pelo.

"¿Cómo te atreves, animal asqueroso, a conseguir una erección? No te han enseñado buenos modales. ¿Es esta la forma de tratar a una dama? Ahora haré que te azoten hasta que desaparezca el impulso ..."

Rachel la interrumpe.

"Oye, tómatelo con calma; este es MI juguete, no lo olvides; ahora lo haré llevar a mi habitación ..."

"Pero ... pero ... ok, lo siento; es solo que tuve la impresión de que se estaba divirtiendo demasiado y por lo tanto ..."

"Mira, Sonia, no todo el mundo es tan sádico. Me gusta burlarme de ellos, torturarlos un poco. A menudo me gusta excitarlos, masturbarlos hasta el orgasmo y luego interrumpirme inmediatamente antes. Deberías ver como suplican, creo que para ellos es una de las humillaciones mayores. Pero a veces los hago venirse. Con quién vale la pena ... bueno aquí ... yo también tengo relaciones. Ahora no te ofendas, pero me retiraré a mi habitación con él. Puedes elegir a quien quieras, aquí las únicas reglas obligatorias son: NUNCA desatarlos, no dañarlos permanentemente, no matarlos.

Oye, lleva al sueco a mi habitación.

Ven Sonia quiero ver lo que eliges "

Sonia camina por el pasillo viendo muchos ejemplares masculinos de varias razas, todos muy altos y atractivos.

Pero su atención se centra en el ala femenina.

-Mmm ... debería haber entendido que prefería a las mujeres-, pensó Rachel sonriendo.

Había muchas chicas, y muy atractivas; una de cabello y ojos oscuros y un cuerpo de modelo le recuerda vagamente a Mónica, aunque ella era más vital, más fuerte y más hermosa; una belleza lamentablemente inalcanzable, para gran pesar de Sonia.

Entonces le viene a la mente algo.

"Rachel, ¿dónde está la nadadora noruega?"

"Bueno, ahora mismo está en tratamiento, no puedes llevarla a la habitación ..."

"No, aquí ... solo me gustaría verla"

"Ok"

Caminan unos pisos bajo tierra y llegan a una habitación controlada por una docena de guardias.

Se abre la puerta.

La noruega está inmovilizada en una cama en forma de X, con correas en tobillos, muslos, cintura, cuello, frente, bíceps y muñecas.

Tiene un mono blanco. Varios hilos salen del traje en diferentes partes del cuerpo.

"Mire, este tratamiento tiene como objetivo hacerla sufrir por mucho tiempo, pero sin causarle daño físico; para ello se monitorean los latidos del corazón y la temperatura; si los valores se vuelven críticos, la tortura eléctrica se detiene, dejándola descansar; hay un cámara que filma todo, parte del video se transmitirá a los conejillos de indias como advertencia.

En este momento, como veo en la computadora, el conejillo de indias acaba de soportar un ciclo continuo de 47 minutos, como se puede ver en sus respiraciones pesadas; en media hora debería empezar de nuevo "

"Aquí ... Rachel, me gustaría quedarme aquí y observarla un rato; no haré nada, observaré cómo maneja la computadora las descargas eléctricas"

"Bueno, Sonia, cada uno tiene sus propios gustos, es tu derecho"

"Me gustaría preguntarte una cosa ..."

"Dime"

"Aquí me gustaría desnudarla ... ¿puedo?"

"Ah, debí haber adivinado, qué descuidada; digamos que el traje que lleva puesto no tiene una función específica. No se desnuda porque el propósito de este tratamiento es punitivo, no para nuestro placer. Ok, puedes actuar como quieras; los humanos modificados están a tu disposición, recuerda dejarles hacer las operaciones de inmovilización, habiendo dicho que puedes jugar con el conejillo de indias como piensas, el tratamiento es automático. Que puedo decir, buenas noches, tengo un sueco semidesnudo y emocionado esperándome y esta noche me siento inspirada, mmm ... podría someterlo a la máquina de cosquillas ... un día te la mostraré, Sonia. Nos vemos en la mañana "

Sonia ni siquiera ve salir a Rachel, lleva unos minutos mirando morbosamente a la noruega.

Ahora está sola con ella; los guardias están a su disposición fuera de la puerta.

Quiere disfrutar esos momentos lentamente.

"Ni siquiera sé tu nombre, perra; Rachel tiene razón en sentir lástima por ti. Tu mirada enojada denota un temperamento que no se rendirá. Y seguramente eres lo suficientemente fuerte como para romper esposas de acero, incluso si están defectuosas, y noquear a varios humanos modificados armados; incluso estando vestida como ahora, puedo ver que eres delgada y fuerte; pero lo arreglaremos de inmediato, comenzaré a quitarte la parte superior ... "

El tratamiento comenzó hace menos de un día, por lo que la chica todavía está en plena capacidad.

Tiene un rostro alegre con pecas, ojos azules y un hermoso color en sus mejillas.

Entran cuatro guardias y le dicen a Sonia que se aparte, por seguridad.

"Solo quiten la parte superior, por ahora, gracias ..."

Los guardias, con las debidas precauciones, bajan la cremallera del traje y quitan la correa alrededor de la cintura, levantando el traje por encima del pecho; la chica todavía tiene una camiseta blanca; no importa, el placer se prolongará. Abrochan el cinturón con fuerza alrededor de la cintura.

Ahora le toca a las correas de los bíceps, le levantan el traje hasta las muñecas, dejando los brazos descubiertos; como ahora tiene los bíceps libres, se retuerce fuertemente; a pesar de estar todavía totalmente inmovilizada, los cuatro guardias luchan por volver a sujetar las correas esta vez sobre la piel desnuda.

La operación análoga en las muñecas se realiza, por seguridad, por separado entre la derecha y la izquierda.

Sonia ahora comprende por qué las precauciones nunca son excesivas.

"Nos dejan..."

Vuelve a examinar al conejillo de indias.

Con el traje no se pudo dar cuenta de lo musculosos y tonificados que estaban los brazos.

Nada que ver con Monica, pero se estaba acercando; La peculiaridad de Mónica era que era espléndida en todo. Esta aún era hermosa, pero estaba ligeramente desproporcionada con otras partes del cuerpo, como el abdomen, que, aunque suave y musculoso, no era comparable a la masa de los brazos. Encontrar un solo defecto en Monica era difícil, pero no imposible.

La chica, de tez muy clara, está bañada en sudor, su pecho sube y baja rápidamente previendo el tratamiento de inmediato.

Una correa conectada a varias ampollas estaba colocada en la boca, lo que le impide hablar; probablemente era el medio para alimentarla, ya que el tratamiento duraba al menos una semana. Electrodos en las muñecas.

Hay hilos que salen de la camiseta sin mangas en el pecho; se puede ver una cinta que envuelve el pecho, cubriendo los pezones.

Sonia comienza a acariciar al conejillo de indias en la cara, en el pecho, en el abdomen, sintiendo la firmeza de los bíceps. Decide quitarle la camiseta sin mangas mientras está atada. Se la saca de los pantalones de chándal, con dificultad se la mete por debajo del cinturón, dejando al descubierto sus maravillosos pechos palpitantes. Había electrodos en el pecho tanto para controlar los latidos del corazón como para inducir descargas eléctricas.

Lo huele, está sudando.

"Tienes un cuerpecito muy bonito, ¿sabes, perra?"

La lame en el ombligo.

"Estás salada ... me gustas"

El conejillo de indias tiene un impulso de rebelión: ¿no solo tendrá que sufrir indeciblemente durante una semana, sino que ahora también debe sufrir las depravaciones de esa lesbiana?

Emite un gruñido mixto de ira y frustración y tira con fuerza de las correas.

Mira a Sonia con odio y desafío.

"Veo que todavía tienes mucha fuerza. ¡Guardias!, los pantalones; quítenselos por completo"

Los guardias son ahora seis, las operaciones se llevan a cabo lenta y cuidadosamente, utilizando correas adicionales.

Operación completada.

Sonia entiende por qué los seis guardias: las piernas tienen una masa muscular impresionante.

En la zona anal y vaginal hay unos tubos insertados y fijados estratégicamente con el fin de que el conejillo de indias realice las funciones fisiológicas durante el tratamiento.

Otros electrodos aplicados a los tobillos.

"Guardia, veo que la cama tiene un mecanismo, ¿puedo abrirle más las piernas?"

"Por supuesto"

El guardia actúa sobre engranajes que extienden las piernas del conejillo de indias casi perpendiculares al torso.

La elasticidad de la chica es impresionante.

Sonia, de pie entre las piernas del conejillo de indias, con las manos descansando suavemente sobre sus muslos desnudos, mira fijamente a su presa. Ella acaricia sus piernas mientras instintivamente se contraen en un intento de escapar y la mira a los ojos.

"¿Sigues pensando en desafiarme?"

Dice Sonia, inclinándose para besar su ombligo y abdomen en varios lugares.

Con escalofriante lentitud deja esa tentadora posición para moverse detrás de ella, siempre manteniendo un dedo en contacto con su cuerpo y deslizándolo de forma sensual.

El conejillo de indias está furioso e intenta decir algo a través de la mordaza en un idioma desconocido para Sonia.

Ahora Sonia está detrás de ella y, colocando sus manos sobre el bíceps de la cobaya, comienza a besarle sensualmente la frente, las mejillas, el cuello, las orejas.

Al mismo tiempo, desliza las manos por las axilas, los senos, masajeándolos con avidez y probando su firmeza.

El conejillo de indias se queja de protesta tratando de decir algo.

Sonia vuelve a su lado y la mira sonriendo.

"Oye, ¿qué tienes que decir? No hablo tu idioma. ¿Sabes qué? Normalmente soy más sádica, menos dulce, pero ... el hecho de que te chupo, lo siento, te hace instintivamente rebelde a mis toques y eso me gusta tanto ... "

y de nuevo pasa las manos por el abdomen y los senos.

De repente, la computadora emite un sonido extraño similar a una alarma.

Los ojos del conejillo de indias ahora se llenan de terror y van a buscar a Sonia en busca de ayuda desesperada. A partir de estos detalles, Sonia comprende que el tratamiento está comenzando de nuevo.

Inicialmente, emite un grito de rara intensidad, pero se congela en su garganta después de un segundo. La intensidad de la tortura es tal que el conejillo de indias no puede emitir ningún sonido.

Sonia observa al animal con interés. La tortura permanece constante durante unos segundos en todo el cuerpo, y luego se alterna con intensidad variable, en algunas zonas, para dejar un tiempo de recuperación fisiológica y no disminuir demasiado la sensibilidad al dolor.

Cuando se estimulan las piernas, Sonia apenas puede sentir visualmente un tic, una contracción permanente en el cuádriceps del conejillo de indias; por lo tanto, se vuelve a colocar entre las piernas y pone las manos sobre los muslos. En el momento en que comienza la descarga, siente la contracción de los músculos tocándolos mucho más, a pesar de la posición de las piernas y las correas apretadas.

Ahora la descarga se dirige a otra parte.

Llevada por un instinto de "compasión", se acerca a su monte de Venus con la boca, manteniendo las manos en los muslos y acariciándolos.

Su lengua se desliza dónde puede, entre sondas y electrodos, estimulando esa parte tan sensible. Gritos de protesta de la víctima.

Ahora mira la parte superior del cuerpo. Cuando es golpeada por la descarga, contrae pectorales, bíceps y abdominales de una manera antinatural al mismo tiempo. Sonia puede ver la belleza de sus músculos, que brillan con el sudor del conejillo de indias.

Durante veinticinco minutos disfruta viendo el sufrimiento de la chica y admirando su cuerpo atlético al mismo tiempo.

De vez en cuando pasa sus manos codiciosas por la piel para acariciarla sádicamente, a veces pellizcándola, a veces sintiéndola sensualmente.

Cuando el pecho se queda "en reposo" las contracciones disminuyen, pero en seguida el pecho comienza a subir y bajar convulsivamente de nuevo. Entre esos momentos Sonia continúa saboreando el cuerpo de la víctima lamiendo y oliendo.

Finalmente, sentándose a horcajadas sobre su muslo, mientras una descarga golpea su pecho, lame su ombligo y la muerde, encontrando en ese acto un placer que no siente desde hace mucho tiempo, precisamente desde que había visto a Mónica, en el poste, en el gimnasio.

Cuando cesa el tratamiento, Sonia se recompone, pasa una mano por el abdomen y los senos de la chica, observa que sus ojos ahora están inexpresivos, aunque conservan ese toque de rabia y frustración que tanto le gusta a Sonia. Evidentemente, el tratamiento está empezando a funcionar.

"Disfruté tenerte a mi manera, perra. Creo que te volveré a visitar estos días"

Un beso en las mejillas.

"Guardias, vístanla bien".

Un viejo amigo

Es hora de que Rachel se despida.

Sonia lo siente un poco, se estaba encariñando, pero Rachel la tranquiliza.

"No te preocupes, te visitaré de vez en cuando para divertirme; tengo el ojo puesto en un chico cubano, un carcelero que no está nada mal, todo natural ..."

Ahora Sonia está a cargo.

Se presenta al miembro 231 en su oficina según lo ordenado.

La felicita, explica cómo su inserción ha sido más que satisfactoria.

Hablando de la situación en la isla, resulta que George se retira, pero está luchando por encontrar un reemplazo digno.

La mente de Sonia profundiza en sus recuerdos y alguien inmediatamente viene a la mente ...

"Miembro 231 ... aquí, me gustaría sugerir el nombre de una persona ..."

Robert, tras la profunda decepción con Monica, cae en un estado de profunda depresión.

La desventura del lago es conocida por prácticamente todo el mundo. El de la cascada un poco menos.

Las empresas que lo contactaron dejan de buscarlo. Los padres lo presionan ignorando sus sentimientos.

Sentimientos por Monica que poco a poco van dando paso al odio. Robert cultiva un odio profundo por quien lo rechazó.

Además, esa patada en la zona genital, antes poco vigorosa y algo "inutilizada", ahora lo hacía casi incapaz de tener relaciones sexuales. Por lo que, al ser incapaz de mantener relaciones sexuales normales por motivos de inseguridad, enfoca su sexualidad en el sadismo.

Internet le favorece mucho en esto. En cualquier caso, suele pagar a prostitutas que se dejan amarrar para satisfacer sus instintos. Al dominar y atar a sus víctimas, logra alcanzar el placer.

Lo que le pasó a Sonia se ve ahora con envidia y disgusto.

Básicamente se da cuenta de que la única forma de que ÉL tenga una mujer es hacerlo en contra de su voluntad. Y como no es muy dotado físicamente ... la única forma, ya sabes lo que es, el círculo se estrecha.

Sigue siendo un genio tácito, pero con algunas quejas de algunas prostitutas que no son muy complacientes en cuanto a las fantasías BDSM, hacen que su currículum no es sea el mejor.

Y tiene que encontrar trabajo.

Va a la enésima entrevista casi con resignación.

La señora de cincuenta años le da la bienvenida a su estudio.

"Robert, aquí estás, finalmente. Necesitamos mejorar nuestra división de reclutamiento, y si bien es cierto que estábamos a punto de perder un elemento como tú ... no ha sido así gracias a ... TI"

Sonia se revela a sí misma.

Ha cambiado.

Además de haber crecido, también se ve más relajada y feliz de la Sonia que había conocido.

Ellos se dan la mano.

"Robert, creciste, pero no has cambiado mucho ..."

Sonia le cuenta a su amigo todas sus vicisitudes, desde los episodios con Monica, hasta el reclutamiento, el grupo, su trabajo, hasta cómo se las arregla para sentir placer y satisfacción ahora.

Robert se muestra incrédulo, pero decide aceptar.

Será el responsable de la informática, los sensores y la electrónica del Centro.

El día del asentamiento, su asombro al ver la isla es grande, Sonia sonríe pensando en cuando había probado las mismas cosas.

A Robert se le explican todos los mecanismos de alarma, control, videovigilancia, pruebas de maquinaria.

Sus habilidades informáticas, junto con sus conocimientos de mecánica, estimulan en él diversas ideas, que pronto las pondrá en práctica.

George es un profesor paciente y metódico.

Después de una introducción general, Robert visita el área de "entrenamiento", en particular la piscina.

La piscina es visiblemente más larga que una piscina olímpica común, más profunda y con un borde de tres metros de altura, lo que hace imposible que los conejillos de indias escapen.

Robert observa con fascinación el procedimiento: los conejillos de indias en traje de baño se acercan a la piscina, con las manos atadas a la espalda y los tobillos conectados con una cadena de diez centímetros de largo (para dar una mínima posibilidad de movimiento). Los electrodos se colocan en el pecho (para mujeres debajo de un traje de baño de una pieza) y se atan alrededor del pecho. Un monitor sigue su pulso. Se les cuelga boca abajo con un cabrestante, se les sueltan las manos y, posteriormente, los pies, provocando que vayan hacia el agua. Hoy son sometidos a una prueba de resistencia de larga distancia.

"Pero ¿cómo estamos seguros de que dan lo mejor de sí mismos?"

"Oh, ya ves, Robert - interviene Sonia, que en ese momento está en los monitores - es simple: El último es sometido a una dolorosa (pero básicamente inofensiva) prueba de resistencia al dolor; el primero se le deja 'en reposo' por unos días ... claro que no queremos que sufran las mismas personas, así que solemos dar una ventaja cronométrica a los más débiles basándonos en las últimas pruebas ... digamos que es mucho a nuestra discreción; lo importante es que estas estúpidas bestias no se dan cuenta y siempre empujan al máximo "

A Robert le sorprende la confianza que tiene Sonia en comparación con la de hace unos años; ahora está a cargo de la división genética; pero ciertamente parece haber mantenido esa frialdad que siempre la ha caracterizado.

Los hombres comienzan su prueba que inician por separado, para que se puedan "arreglar" los datos cronométricos sin dificultad.

Ahora es el turno de las mujeres.

Robert nota inmediatamente las preferencias de sus colegas; entre las mujeres, Sonia es la única que tiene predilección por las cobayas y parece no avergonzarse de ello. Entre los hombres, sólo un cierto Paul, un hombre pequeño y torpe, parece divertirse por igual con ambos sexos. Lo oye dirigiéndose a Sonia diciendo "esta noche no me importaría llevar al cubano y a la bailarina a mi cuarto y azotarlos juntos; ah, para la prueba me gustaría tener al cubano, él trató de rebelarse cuando lo toqué ... ¿lo entiendes?"

Sonia asiente con desinterés.

A Robert le llama la atención una nadadora: cabello castaño, ojos castaños de gata, físico imponente pero esbelto.

"¿Quién es, George?"

"¡Ah, Gabriela! Es una completa atleta italiana (natación, carrera, lanzamiento de peso) que ha llegado hace dos semanas. Le vamos a hacer varias pruebas físicas, para ver dónde le va mejor, aunque dada su belleza también podría quedar incluida entre el 'entretenimiento', quien sabe "

Robert observa cómo los humanos modificados la colocan para llevarla al agua con el mecanismo. Al quedar colgando insinúa un movimiento instintivo para levantarse y contraer sus magníficos abdominales. Una vez en el agua, en el momento de la salida, comienza con una velocidad y potencia impresionantes; su musculatura casi coincide con la de Monica, aunque permanece un paso por debajo.

"George ... creo ... que tengo una solicitud ..."

"¡Ah, lo sabía! Te llamó la atención enseguida, ¿verdad? Bueno, todavía no se cuenta entre el 'entretenimiento', pero como eres nuevo haremos una excepción, le pediré a Sonia que la deje ganar, que la mantenga descansada mañana por la noche; y que haga la solicitud especial al Miembro 231 ".

El día transcurre sin problemas.

La primera cena en la isla también es positiva para Robert, ayudado mucho por Sonia, que lo hace sentir muy a gusto.

Cuando se trata de elegir a las "víctimas" para la noche, Robert tiene ya una petición particular.

"Bueno, George, Miembro 231, todos estos conejillos de indias son muy hermosos y sin duda los podré apreciar. Pero me gustaría pasar mi primera noche con Gabriela, la atleta italiana, pero como solo estará disponible para mañana, hoy me gustaría 'visitar' a cada uno de ustedes, así, solo para entender sus gustos y el funcionamiento del 'entretenimiento', siempre si esto está permitido ... y con usted también, Miembro 231, estaría interesado en ver lo que le gusta "

Los colegas aceptan de buen grado.

Al primero que ve es a su tutor, George.

Una joven y tetona rubia (una prostituta alemana) está atada a su cama semidesnuda, George trae un carrito con hielo, comida de varios tipos, vino cerca de la cama. Evidentemente le gusta tener relaciones tradicionales, con algunas variaciones ligadas a la alimentación y, obviamente, las precauciones necesarias que exigen la inmovilización de las cobayas.

Su amiga Sonia tiene una velocista negra en su habitación. Está desnuda, atada en X verticalmente y ligeramente levantada del suelo. Sonia le está aplicando electrodos por todo el cuerpo.

"¿Te recuerda a algo, Sonia?"

Silencio entre los dos.

Sonia insinúa una sonrisa. Ambos están unidos por un loco deseo por cierta persona. La nostalgia de Monica los vuelve casi melancólicos.

Robert decide dejarla allí e irse a otra parte, para disipar el recuerdo de la antigua amiga escolar.

Samantha y Julia, dos mujeres de unos cuarenta años, no hermosas, pero ciertamente mujeres que se cuidan, encargadas de la alimentación y el control de la salud de los conejillos de indias, están en la misma habitación con un hombre musculoso, desnudo, firmemente atado a una especie de mesa ginecológica. Un retractor mantiene la boca abierta. Gruesas correas en muñecas, bíceps, cuello, abdomen, muslos y tobillos lo inmovilizan firmemente en la cama con las piernas abiertas.

Mientras Samantha manosea al hombre al que excita lentamente, Julia le explica a Robert:

"Nos divertimos así, lo excitamos de todas las formas posibles, nos burlamos de él, jugamos con él, para mantenerlo al borde del orgasmo. Cuando está al borde de la desesperación ... bueno, depende de lo bueno que sea suplicando"

Dicho esto, se une a su colega y comienza a trabajar con paciencia en el cuerpo de la víctima. Julia parece tener más experiencia, ya que el hombre sufrió una erección notable con su toque.

Samantha parece un poco resentida y lo abofetea.

"¿Así que la prefieres a ella? ¡Maldito perro!"

Y ella le muerde la oreja con violencia, mientras Julia continúa su trabajo sensualmente.

Robert acude al sádico Paul.

Una mujer y un hombre, ambos negros, están atados uno frente al otro, en ropa interior. Signos evidentes de azotes en el cuerpo de ambos, más en la mujer.

Robert saluda, no siente una simpatía especial por el hombre.

El Miembro 231.

Robert llama a la puerta.

"Adelante"

Un hombre y una mujer semidesnudos están amordazados e inmovilizados sobre un extraño artilugio, con cepillos giratorios, plumas, palillos de dientes.

"Máquina de cosquillas, Robert. Seleccioné los elementos más sensibles, no los más atractivos, como puedes ver. Mira"

La mujer presiona un botón. Los pinceles y las plumas comienzan a bailar sobre las partes más sensibles de los dos pobres; axilas, caderas, pies, cuello son las áreas más estresadas.

La mujer, especialmente, se retuerce como una furia, grita convulsivamente.

Robert está fascinado por todo esto.

Sin embargo, se retira a su habitación. Su preferencia por Gabriela al día siguiente es en realidad una excusa para retirarse a su habitación y encender su vieja PC: la nostalgia le captura, las fotos de su amada Mónica, ahora una joven y prometedora deportista, están meticulosamente conservadas por él y con obsesión; desde las poses fotográficas más banales hasta las imágenes fijas captadas durante sus actuaciones.

No puede olvidarla.

Está a punto de buscar otro video o artículo cuando oye que llaman a la puerta.

"Sonia, ven, entra"

"Hola Robert, ¿cómo estás?"

"Bueno, mira, nunca te agradeceré lo suficiente por hacerme llegar tan lejos. Nunca podré pagártelo".

"Bueno, debes saber que es un placer para mí tener aquí a una persona que conozco desde la secundaria"

Hablan como dos viejos amigos, hablan de esto y aquello, Sonia habla de su trabajo sádico como si nada.

En un momento Sonia presiona:

"Sigues pensando ... en ella. ¿Verdad?"

En respuesta, Robert le muestra a Sonia las fotos en su PC. Sonia se asombra al ver la cantidad de fotos de la víctima de sus sueños, divididas en carpetas y subcarpetas: videos, entrevistas, artículos, fotos, actuaciones deportivas.

El solo pensar en lo que él podría hacerle en la isla la hace volar con su imaginación como nunca antes. Una foto en la que Mónica está luchando con el salto con pértiga capta su atención: la deportista acaba de abandonar la pértiga, su rostro concentrado en el esfuerzo, los esbeltos músculos tensos y sinuosos al mismo tiempo, la parte superior frenética se eleva. Descubre el abdomen y todos los músculos abdominales esculpidos.

Sonia vuela y sueña con Monica en la isla como conejillo de indias, pero un pensamiento se apodera de ella:

"Robert ... tú ... la amas, ¿verdad? Quiero decir de una manera tradicional, nunca la lastimarías, la querrías para ti solo, si fuera un conejillo de indias aquí te gustaría liberarla para mostrarle tu amor ... ¿verdad? "

"Sonia ... no sabes cuánto he cambiado. Al crecer y chocar con la realidad, con tu apariencia física, llegas a entender que nunca puedes tener una criatura así, ¿cómo podría enamorarse de mí? Mira, mi deseo de ella no ha cambiado, de hecho, más fuerte que antes, pero hay una diferencia.

Quizás no sepas que la patada que me dio ese día me causó bastantes problemas sexuales; No estoy en absoluto indefenso, pero lucho por tener ... aquí sabes qué; en cambio, la idea de tener una mujer en mi poder me emociona mucho. Monica entonces ... no hablemos de eso.

Quiero humillarla, como ella hizo conmigo. Quiero que sufra. Quiero que se arrepienta de haberme humillado. Quiero arrancarla del mundo que conoce y tenerla aquí para torturarla lentamente, sin dañarla demasiado. Quiero que se convierta en una esclava, un objeto en mis manos. Pero ella debe sufrir, rebelarse, quiero escucharla gritar de rabia "

Los ojos de Robert se iluminan y se encuentran con los de Sonia.

La magia de la situación, el encuentro entre los dos, los sentimientos revelados rompen las barreras entre los dos. Casi extasiados, los dos se abrazan, luego, tomados de la mano y contemplando la foto de Monica, comienzan a acariciarse.

Ahora son cómplices.

No sienten atracción el uno por el otro. Pero su deseo va en la misma dirección.

"Robert, si supieras cuántas veces he hablado con el miembro 231 ... el hecho es que es famosa, ¿sabes? Demasiados ojos sobre ella. Demasiadas personas en su rastro. Haría falta un milagro, no sé, para que la arresten, o ... bah. El caso es que no quiero engañarme. Y de todas formas tenemos algo para consolarnos aquí, ¿no crees? "

Robert asiente, no muy convencido.

Pasatiempo agradable

Robert está en su habitación, viendo las noticias en la televisión.

¿Cuánto tiempo se tarda? Deberían estar aquí desde hace unos minutos - piensa.

Tocan a la puerta.

"Ah, finalmente"

Los humanos modificados entran en la habitación con un carrito.

Gabriela está tradicionalmente atada en X, con los ojos vendados y un retractor en la boca.

Como ordenó Robert, está vestida con braguita blanca y camiseta sin mangas.

Se quedan solos.

Mientras el conejillo de indias comienza a tirar de las correas, preguntándose por qué la interminable espera, Robert, con sádica paciencia, se da la vuelta y observa de cerca a su presa.

Es la primera vez que encuentra sus sueños hechos realidad.

El conejillo de indias es un magnífico ejemplar. Ahora que está atada, se puede observar de cerca cada centímetro de su fabuloso cuerpo.

Con un dedo y suavemente, Robert comienza a molestarla y pellizcarla aquí y allá; es agradable verla sacudirse, sus músculos se ponen más prominentes; puede probar su consistencia pellizcándolos y mordisqueándolos en el área del pectoral y del bíceps.

El trasero es un himno a la perfección, sinuoso y tonificado.

Robert juega con el elástico de la braguita probando la firmeza de los glúteos.

Él ya había atado a algunas prostitutas, pero de todas formas todas consintieron; y en todo caso se dejaron atar de una forma muy falsa.

Ahora todo era diferente.

Además, aún no había visto un cuerpo así; Claro, el cuerpo de Monica era algo inalcanzable, pero este "sustituto" era, sin embargo, notable. Además, nunca tuvo tiempo de examinar el cuerpo de Monica de cerca, excepto en esas breves ocasiones en las que ella lo golpeaba.

Ahora Gabriela estaba allí, atada y a su merced. Quería disfrutar ese momento.

Clack ... clack ... Robert había decidido poner más tensión sobre ella, para reducir su libertad de movimiento; Brazos y piernas bien estirados, aunque no al límite.

Rass ... con unas tijeras corta los tirantes de la camiseta sin mangas, por la parte superior.

Un pecho magnífico, con costillas expuestas (dada la posición), pero con unos senos bonitos y firmes.

El retractor está sujeto a una barra en la parte superior para sujetarlo con el borde hacia arriba.

Tanta fuerza y poder en sus manos.

Con un palillo le pincha los muslos, el abdomen, las axilas.

Sus reflejos involuntarios son lo que más le satisface.

Con el tiempo descubrió que amaba cada vez menos el sexo tradicional. Los vanos intentos de rebelión de la víctima lo excitan violentamente.

Fuera con las bragas.

Robert se mueve pacientemente a su zona genital y comienza, con unas pinzas, a tirar molestamente del pelo ... tac; aquí hay un vello púbico que desaparece, lo que resulta en el gemido de la víctima.

Le gusta alternar arrebatos rápidos y decisivos con otros prolongados y dolorosos para la víctima, que comienza a sudar.

El sudor hace que el cuerpo de Gabriela brille de una manera agradable a la vista.

Robert lo huele y la lame por todos lados, luego vuelve a la dolorosa depilación.

Esta noche, Robert comprende que todos sus sufrimientos pasados estarán parcialmente justificados por las satisfacciones que obtendrá de ese momento. Gabriela es la primera víctima de la humillación y el dolor físico que puede provocar el sádico y paciente Robert.

Usando a la desafortunada como conejillo de indias, Robert experimenta con la electroestimulación en ella, alcanzando límites que nunca hubiera pensado en alcanzar en un ser humano.

Se siente como un Dios, teniendo control total sobre la hermosa atleta.

El placer obtenido tras dos horas de tortura alternadas con pequeños juegos es muy satisfactorio para Robert, que se queda dormido durante varias horas.

Al despertar, ve a su conejillo de indias agotada por la posición en la que estuvo atada toda la noche, pero aún responde a su toque.

Suelta la cadena unida al retractor para que pueda ver su rostro. La besa con entusiasmo, con un movimiento de repulsión por parte de la víctima, y luego la abofetea con rabia, desahogando toda su frustración por su decepción con Monica.

Si tan solo estuviera aquí en el lugar de la pobre Gabriela ... una pizca de nostalgia se apodera del chico.

En los meses siguientes, Robert trabajó duro para mantener eficientes todos los sistemas de vigilancia y todos los dispositivos eléctricos y mecánicos utilizados tanto para los experimentos como para las "sesiones". Gracias a su imaginación y su genio, es capaz de desarrollar un sistema mucho más seguro y eficiente que su ahora antiguo predecesor.

La sintonía con Sonia y la pasión común, reforzada por sus gustos muy similares, les permite lograr excelentes resultados en investigación, mucho más allá de las previsiones del Miembro 231.

A menudo se encuentran después de la cena para jugar con conejillos de indias, torturándolos, violándolos e incluso humillándolos.

Otras noches, sin embargo, se encuentran admirando con nostalgia las fotos de su amada Monica G.

Una tortura que son incapaces de realizar, a pesar de las innumerables diversiones que ofrece la situación.

Se acerca la Navidad del año 2018, cuando el Miembro 231, en Nochebuena, los llama a ambos para una reunión.

"Siéntense, queridos. No tienen idea de lo lejos que hemos avanzado, gracias sobre todo a ustedes, en los últimos meses. Especialmente en los nuevos prototipos de humanos modificados y la posibilidad de controlarlos telepáticamente a través de otros humanos modificados. Era algo que nadie hubiera pensado. Ni siquiera yo traté de imaginar. Por no hablar de las estructuras modernizadas gracias al genio de nuestro Robert "

Robert y Sonia se miran, un poco enrojecidos, pero conscientes de que los cumplidos son merecidos.

"Hay algo, sin embargo, que les entristece un poco, todo el mundo lo sabe, aunque nunca hablen de ello"

Los dos no saben cómo responderle a la mujer.

"Bueno, normalmente no tomo el trabajo como algo personal para este tipo de cosas, pero hice una excepción en su caso, ya que se unieron y le dieron tanto al grupo".

Se ven un poco sorprendidos, preguntándose el significado de las palabras de la mujer.

"Bueno ... para ser honesta no sé si hubiera podido hacerlo, si los eventos no me hubieran ayudado ... entre otras cosas, es curioso que mañana sea Navidad; bueno, no veo la hora de que mañana les sorprenda con un regalo ... "

Sonia interrumpe ...

"¿Y ese corte, miembro 231?"

Navidad 2018 – la Navidad más bonita

Monica G., alias Fantastic Girl, se despierta tendida en el suelo de una celda extraña, casi futurista; le parece que está en una película de ciencia ficción, las paredes blancas, la luz tenue, un vidrio a través del cual no se ve nada.

Se levanta un poco aturdida. En el momento en que se da cuenta de que tiene su disfraz gris pero ya no la máscara, se acuerda de todo: la noche, la pelea, su victoria, el dardo ... y luego de nuevo la policía, los extraños que irrumpen, entonces nada.

¿Dónde está? Está atrapada en una celda, pero ¿dónde?

Sin saber qué hacer, comienza a dar patadas y empujones contra el cristal, pero sin otro efecto que lastimarse el hombro; y decir que, gracias a su fuerza, había derribado varias puertas de esta manera, y no de forma sutil.

Una luz al otro lado del cristal.

Entran en la sala al otro lado del cristal una docena de hombres con monos azules, el mismo tipo de uniforme que ya vio anteriormente. Todos van armados, dos llevan un carro con unos extraños artilugios, Mónica solo puede reconocer unas extrañas correas que aparentemente sirven para inmovilizar.

Por último, una mujer ... espera, la reconoce, es la misma de la comisaría de la época de Sonia, y la misma que le hizo la fatídica pregunta "¿eres Fantastic Girl?"

"¿Qué está pasando aquí? ¿Dónde está la policía? ¿Quién eres tú, qué quieres de mí? No he matado a nadie, ni siquiera robado, esto es ilegal ..."

"Pero cuantas palabras, mi querida Mónica, o Fantastic Girl lo que quieras. Escucha, te lo cuento todo más tarde y con mucha calma ... eh, eh, no me creerás, pero tenemos mucho tiempo disponible ... "

"¿Tiempo? No tengo tiempo para nadie, ahora quiero hacer una llamada telefónica, tengo derecho ..."

"Ssshhhh, ya ves, mi querida gimnasta - heroína, lo primero que debes entender es que a partir de ahora no tendrás ningún derecho, te guste o no. Ahora, por favor, empieza a quitarte ese estúpido disfraz ..."

"Escúchame bien tú, puta de mierda, no sé quién eres, pero soy muy conocida, me buscarán, no recibo órdenes de nadie ..."

"Eeeehhh, ya sabía yo que esto terminaría así, señores, activen la 'calefacción' ..."

Un hombre de traje azul acciona un interruptor.

Las luces se apagan, Monica ya no puede ver nada fuera del cristal, mientras que la cautiva es claramente visible desde el exterior.

En unos segundos, el aire se vuelve más pesado, más cálido e irrespirable.

Monica comienza a preguntarse cómo es posible que esto ocurra, dónde diablos está. El calor se vuelve insoportable, la humedad es muy alta.

Mónica está muy preparada físicamente, pero después de unos minutos comienza a tener problemas respiratorios. Pero no quiere darle satisfacción a la mujer.

De repente, la celda se divide en dos partes mediante barras de metal.

El área en la que se encuentra sigue estando igual; en la otra zona, Monica ve una especie de boquilla que sale del techo. En cierto punto, comienza a salir agua por la boquilla.

Monica comienza a comprender.

Con todas sus fuerzas intenta doblar los barrotes para pasar de alguna manera, pero además de estar aturdida por el narcótico, también está agotada por el repentino calor.

"Verás, mi querida amiga gimnástica, ya deberías haberte dado cuenta de que, si quieres llegar al otro lado, tienes que quitarte ese estúpido disfraz, ves los barrotes seguirán ahí hasta que no te lo quites. Ah, y ya sabes que podemos dispararte un dardo tranquilizador en cualquier momento y que hagas lo que queremos, si demuestras ser estúpidamente terca. Oye, vamos, ahora la temperatura está por encima de los cuarenta grados, el agua está bastante fría, ¿no quieres refrescarte?"

Los instintos de supervivencia de Monica prevalecen sobre el orgullo.

No sin algunas dificultades, dada la humedad, el cansancio y el sudor, logra desvestirse por completo y arrojar su "estúpido disfraz" al suelo.

No pasa nada.

"Oye, me desnudé, ¿qué más quieres que haga? ¡Maldita sea!" Monica grita con un toque de frustración en su voz.

Después de una espera sádica, la mujer responde.

"Pon el estúpido disfraz en esta ranura"

Un recipiente sale de debajo del cristal. Monica pone el disfraz.

El miembro 231 olfatea el sudor del conejillo de indias en el disfraz.

En respuesta, un hombre acciona un interruptor, suben las barras, Mónica se lanza a la ducha y deja que el agua se deslice por todo su cuerpo, sin prestar atención a las miradas indiscretas de sus captores.

Las luces se vuelven a encender.

La mujer aplaude.

"Bien hecho, ¿ves que no eres tan estúpida como la apariencia puede hacer pensar?"

La mujer comienza a ver a su presa con una luz diferente; piensa para sí misma.

"Maldita sea, qué físico. Ahora entiendo la obsesión de Robert y Sonia con esa mujer. No creo haber visto nunca un conejillo de indias tan bien hecho entre todos los atletas con los que he experimentado en más de veinte años, aunque me gustan hombres, una mujer así puede convertir a cualquiera en lesbiana. Casi casi ... Podría hacer que la inmovilicen de inmediato, pero veamos cómo se le da la lucha; no lo he hecho durante años, pero le haré creer que puede escapar ... aunque los humanos modificados se quejan si alguno de sus compañeros resulta herido "

"Ahora mi bella Mónica, mis hombres entrarán y te inmovilizarán, mientras tanto tengo otras cosas que hacer, por favor, compórtate si no quieres ser ... castigada; señores, es toda suya, DEJO LAS LLAVES

DEL EDIFICIO EN EL MANOS DEL CAPITÁN, tráiganla a la oficina bastante atada en quince minutos ".

El miembro 231 deja que entren los otros diez humanos modificados, armados solo con porras, cadenas y esposas, uno con traje rojo, diferente de los demás.

Monica está desnuda, mojada y agotada por el calor, pero su hábito de pelear le ha enseñado a evaluar cada situación.

Cuenta diez, de los cuales el rojo debe ser necesariamente el capitán. No parecen llevar armas aparte de las porras. Y por lo que ella entiende, la quieren viva. Eso es una gran ventaja para alguien como ella. Ante la situación absurda decide hacer al menos un intento desesperado.

Dos de ellos se acercan por detrás de ella con esposas y ataduras, dos más delante de ella; los demás esperan con porras dispuestos a intervenir.

Cuando le toman los brazos por detrás, ella los sujeta con fuerza y los arroja contra los dos de delante, tirándolos en el suelo; los dos agarrados por ella son neutralizados golpeando violentamente ambas cabezas entre sí.

Ahora cinco hombres armados con porras se acercan desde todos los lados al mismo tiempo. Con un poderoso y rápido salto instintivo se lanza sobre uno, lo desarma y se gana una porra. Los demás se abalanzan sobre ella y dos logran golpearle violentamente las rodillas, haciéndola caer. Los otros dos se aprovechan y vuelven a golpearla en el abdomen, pero ella, casi como si no hubiera notado los golpes, los rodea con un salto mortal.

El miembro 231 observa la escena desde una cámara oculta. Había enviado diez humanos modificados entrenados en combate armados con porras. Luchaba contra ellos con una facilidad impresionante. Sus saltos y patadas eran increíbles. Quedaban tres de ellos. Monica había soltado la porra, sus brazos eran aún más letales. Con sus piernas de mármol apretaba a una víctima hasta que se desmayó, mientras que con las dos manos sostenía al resto en el suelo. Se dirige al único superviviente, el "capitán".

Por lo que podía ver, probablemente menos de la mitad seguían vivos. Un arma letal, una luchadora feroz.

El pobre le entrega las llaves temblando, luego ella lo golpea con el puño como si fuera de papel.

"Excepcional. Lleva a otros veinte en ..."

El miembro 231 deja el monitor para bajar.

El grupo de humanos modificados, además de ser veinte, cuentan con una red que les facilita su trabajo.

Después de capturarla con la red como a un animal, logran esposarla a la espalda y los tobillos y ponerle una especie de collar.

La sacan de la red.

"Mira hacia arriba"

Monica se para frente al miembro 231, aproximadamente veinte centímetros más alta que ella.

De cerca puede apreciar su cuerpo, todavía jadeando por la feroz lucha que aún se mantiene.

Un humano modificado la mantiene atada, otros dos la sujetan los brazos, ya esposados, con dos cadenas en los tobillos, también atados.

Desnuda y mojada.

Lo que impresiona es la feminidad incontenible, la belleza combinada con la fuerza, un ejemplar más único que raro.

Esos pechos palpitantes eran tan atractivos.

"Sabes, cariño, definitivamente soy hetero, estoy loca por los hombres. Pero tú ... aquí tienes algo único, unos abdominales esculpidos ... qué brazos y hombros ... y tus piernas, que perfección ... estás sudada ... y caliente "

La atleta de cabello oscuro se remonta a cuando fue atada y torturada por Sonia.

Ahora estaba en una situación mucho peor, y no solo porque no veía una salida.

Atada. Desnuda. Los ojos de esa mujer sobre ella.

Su corazón comienza a latir fuerte en su pecho cuando la mujer comienza a acariciar sus senos, abdomen, nalgas.

En un último esfuerzo desesperado logra encontrar la fuerza para patear con ambos pies atados al rostro de la mujer, ahora en el suelo con un labio sangrando.

"Maldita sea mi estupidez ... nunca te acerques a un conejillo de indias en persona. ¡Pónganla en la cama, usen correas dobles!"

Los humanos modificados, a pesar de la superioridad numérica, las esposas, las correas y las cadenas ya sujetas a Mónica, luchan mucho antes de atarla por completo al catre, vendarle los ojos y amordazarla con un retractor.

"Ahora es seguro, señora"

"Bueno. Aléjense"

Se acerca a la cama con la mujer atada como un salami.

La cantidad de correas limita un poco el porcentaje de piel desnuda que se puede admirar, pero es una vista bonita, en cualquier caso, y en ese momento es mejor estar seguro.

"Verás, putita, nunca nadie me ha pateado. Ahora bien, soy una mujer justa y no te haré nada, porque tengo que dejarte intacta para ... dos personas que conoces bien, eres un premio para ellos, ¿sabes?" Y me estoy conteniendo. Llegará el momento, fríamente, en que te haré pagar. Como ya te dije, tiempo no falta en absoluto "

Dicho esto, toma su pezón derecho y lo aprieta con fuerza.

Monica se retuerce más por la humillación que por el dolor.

"Me gusta el sonido de un cuerpo desnudo en las correas. Llévenla a la oficina. Átenla al carrito de 'los postres', yo misma la arreglaré".

Monica no ve nada por la venda en los ojos, solo siente que la llevan a otro lado.

Se cierra una puerta. Las manos expertas de varias personas le aplican rápidamente nuevas correas antes de quitar las viejas. Con experiencia y paciencia maníaca, está inmovilizada para ponerla de pie.

Agua fría en todo el cuerpo.

Jabón.

Las manos de varias personas, pero se apresuran, no sienten deseo. Se siente como un objeto.

Le enjuagan.

Con el mismo procedimiento ahora la inmovilizan en un carro, siempre sujeta.

Se estira hasta que comprueba que no hay posibilidad de movimiento.

Por si fuera poco, le aplican correas por encima y por debajo de las rodillas, en los muslos tanto en el medio como cerca de la ingle, en la cintura, en el abdomen, arriba y debajo de los senos, en el cuello, arriba y debajo de los codos. En la boca otro retractor con una varilla que sube, la única abertura por la que puede respirar, ya que la nariz está cerrada con clips. En los ojos un reborde que, además de no mostrarle nada, no le permite mover ni un centímetro la cabeza.

Está inexorablemente inmóvil.

Si hubieran querido matarla, lo habrían hecho. ¿Qué pasará con ella? ¿De qué dos personas ella hablaba?

Sus pensamientos se ven interrumpidos por la sensación de que una especie de espuma que se rocía sobre su cuerpo.

Se tira de un interruptor y se siente la temperatura bajar.

Nos quedamos con Robert y Sonia en la oficina.

"¿Y ese corte, miembro 231?"

La dama sonríe y revela un corte en el labio.

"No lees los periódicos, ¿verdad? Mejor así, todo será más bonito. ¿Ah, el corte que tengo? Bueno, no te preocupes, nada grave, quién lo hizo ya tendrá tiempo de arrepentirse, dado lo que espera aquí. Ahora acepten ser mis invitados para la cena de esta noche. Por cierto, me tomé la libertad de inhibir los sistemas telemáticos en sus habitaciones, así que no podrán seguir las noticias … pero solo por esta noche "

"Con mucho gusto aceptamos, Miembro 231. Nos vemos esta noche"

El miembro 231 generalmente come sola o con todos los demás, rara vez cena con otras personas.

Robert y Sonia van a la habitación de su jefa.

"Bienvenidos, llegan temprano. Les entiendo, ¿saben? Tomen asiento"

Tres sillas, nada en el medio.

"¿Pero que...?"

"Meseros, por favor"

Entran dos humanos modificados con un carrito.

Robert reconoce el carrito: las víctimas están completamente inmovilizadas, y se les rocía el cuerpo con comida para alegrar las cenas de una manera inusual. Esta vez el cuerpo estaba completamente cubierto. Un refrigerador mantuvo la temperatura baja para almacenar la crema. Una obra maestra, esta vez estuvieron ocupados. Crema y merengue en todo el cuerpo. Los grandes pechos estaban cubiertos de crema con cerezas en los pezones. La cara cubierta con un melón hueco y un jamón alrededor. En la parte superior un tubo de respiración. Un coco a la mitad en la zona de la ingle, estratégico. Y luego crema. Crema y merengue.

La baja temperatura provocaba que la cobaya se estremeciera, pero el movimiento era casi imposible debido a las innumerables correas que la contenían.

Estaba completamente cubierta, pero los dos ya podían adivinar que el físico de la mujer era espectacular: alta, afilada, pero con una masa muscular considerable, un pecho tonificado y abundante; y aún no habían visto lo mejor.

El camarero trae chocolate derretido.

"Sírvete tú mismo"

Sonia le vierte chocolate caliente en el abdomen. La víctima jadea, seguido de un "¡nnnggghhhhh!" asfixiado.

Los comensales comienzan a saborear el manjar desde el abdomen.

"Linda esta disposición, deberíamos hacerlo un poco más a menudo"

Robert bromea, mojando su tenedor de plata en el merengue.

Después de un par de minutos, el abdomen está bastante descubierto. Los comensales pueden apreciar los músculos, los abdominales esculpidos, pero aún sinuosos y suaves. El conejillo de indias es de piel oscura, pero occidental.

A Robert le gusta burlarse de ella con la punta de su tenedor, provocando pequeñas contracciones imperceptibles de los abdominales.

El miembro 231 desactiva el refrigerante.

"Es hora de probarlo, ¿no creen?"

Sonia vierte chocolate caliente sobre su abdomen ahora descubierto. El conejillo de indias deja escapar un grito y se retuerce más. A pesar de las correas, sus tirones hacen que la guinda caiga sobre el pezón derecho, del lado de Sonia.

"Pero mira, parece que nuestra amiguita se está rebelando. Mira, Robert, arruinó la decoración"

Robert interviene.

"Bueno, mientras tanto, peguemos las correas con cinta"

Mónica, a través del manto de comida, logra escuchar las voces. Esas voces familiares ... no ... no puede ser. Debe ser una pesadilla ...

"¿Dónde está el botón, Sonia? Ah, ahí está, qué estúpida"

Escuchar ese nombre es como un golpe en el corazón para Mónica quien, presa del pánico, comienza a retorcerse con todas las fuerzas de las que es capaz.

El otro glaseado cae, parte del merengue alrededor de los brazos cede, las correas parecen aflojarse.

Robert aprieta un botón.

Las correas se aprietan hasta que el conejillo de indias se calma de nuevo, que ahora tiene una respiración más pronunciada.

Los esfuerzos y el sudor han derretido parte de la decoración, ahora se pueden ver los hombros, axilas, bíceps, muslos, además del abdomen ya al descubierto.

Ahora los dos pueden ver más detalles del cuerpo de la víctima, apreciar la definición muscular y la firmeza de la carne. No recuerdan haber visto un conejillo de indias así.

"Esa crema parece apetitosa"

Eso presiona a Sonia e inmediatamente comienza a lamerle los pechos con avidez, seguido de Robert.

Más que comerse la excelente crema, su finalidad es descubrir unos senos fantásticos, abundantes, firmes, redondos, perfectamente ligados a los pectorales, que culminan en unos pezones grandes, oscuros y carnosos.

Tras desabrochar las correas por encima y por debajo de las mamas, observan cómo las contracciones de los pectorales hacen que las mamas se muevan de forma vital y rebelde.

Empieza a formarse sudor en las axilas.

Los dos pasan ansiosamente los dedos y la lengua.

"Quiero verla retorcerse ... tengo una idea"

Robert pone su mano sobre el tubo - respirador y lo cierra.

Después de un minuto, el conejillo de indias comienza a moverse como una furia. Sonia, mientras tanto, muerde el pezón de manera desagradable provocando que el conejillo de indias salte.

Robert abre el respirador.

El pecho comienza a subir y bajar frenéticamente, Robert aprovecha para lamerlo con avidez.

Repite el juego tres o cuatro veces observando que la crema ya está casi completamente disuelta.

El miembro 231 los observa complacida; se pregunta si ya sospechan algo. En este punto también participa mordisqueando la parte interna del muslo del conejillo de indias y observando cómo se contraen sus músculos. Nunca le había pasado que quisiera una mujer ... hasta ahora.

Después de veinte minutos de juegos crueles, el cuerpo está completamente desnudo, a excepción de las correas. Y el rostro cubierto.

Robert y Sonia se detienen un momento para admirarlo.

La definición, la sinuosidad del conjunto es increíble. Piernas que parecen tener sobre ellas unas nalgas de mármol.

"Debo decir que esta vez hemos llegado a un límite. No creo que pueda haber un cuerpo más hermoso que este. De quién será ese rostro. Solo una persona puede igualar eso, y sabes a quién me refiero, Robert ..."

Los dos se miran.

La sombra de la duda atraviesa sus rostros.

El miembro 231 lo entiende.

"Chicos, creo que quieren disfrutar de este momento a solas, pero primero ... aquí, el periódico de ayer. Les sugiero que lean el título en la segunda página ... luego pueden quitarle ese estúpido melón".

Se aleja y sale de la habitación.

Los dos se están dando cuenta de que tal vez ...

El corazón les late a mil.

Sonia lee en voz alta:

"SENSACIONAL: Fantastic Girl resulta ser la promesa del atletismo mundial Monica G., considerada por todos casi una extraterrestre por sus dotes atléticas, no menos por su belleza. Pero el día de la captura logra escapar de alguna manera. tal vez con la ayuda de cómplices. El caso es que neutralizó a dos guardias y huyó. Nadie la encuentra, no se presentó a entrenamiento. La policía ya dio la alerta fronteriza. Lo cierto es que, si antes era una heroína amada por todos, después de matar a dos agentes es culpable de asesinato ... "

Monica escucha las palabras de Sonia y comienza a llorar desesperada. Ahora está todo claro. Se encuentra desnuda, inmovilizada y a merced de dos locos psicópatas. Con la fuerza de la desesperación, llorando, tira de las correas de forma poco natural, logrando romper las que le rodean el codo derecho.

Robert presiona el botón de "emergencia" e inmediatamente salen correas adicionales del mecanismo, inmovilizando irremediablemente al conejillo de indias; ahora pueden ver sus lágrimas de desesperación debajo del melón.

Robert y Sonia se acercan al conejillo de indias, limpiando lentamente la poca comida que queda en el cuerpo con servilletas, permaneciendo sádicamente en todas las áreas sensibles al tacto, mientras ella se retuerce de desesperación.

Cuando ya no tiene fuerzas para llorar se encargan del melón y del tubo, destapando su rostro y ojos.

Monica ya lo entendió, pero verlos en la cara es como una puñalada. ¿Cómo pudo pasar eso? Ella nunca perdonará su capricho de ser una superheroína

Sonia y Robert la observan extasiados. Un sueño que se hace realidad.

Monica, en su presencia, indefensa, aunque con todas sus fuerzas. Su fuerza física no le servirá de nada. Ahora les pertenece.

Como poseídos comienzan a besarla en la cara, en las orejas, acariciarla con renovado deseo; mientras Robert cuida el rostro, los senos, Sonia se desliza, con lengua y dedos nerviosos, sobre el abdomen, muslos, glúteos, genitales.

Mónica comienza a gritar de pánico y frustración, las correas apretadas en modo "emergencia" le impiden moverse, ya lleva varios minutos sudando y no por esfuerzo físico.

"¡Déjenme! Maldita sea, ¿qué quieren de mí? Tú, gusano, hemos estudiado juntos durante años ... no ... no ... detente ... no lo intentes, ya sabes ... ¡aaaaahhhhhhhh!"

Robert, después de haberla dejado que se desahogara, le muerde el pezón derecho con fastidio, tirando hacia arriba, dolorosamente para el pobre conejillo de indias, mientras con la mano aprieta el izquierdo.

Sonia se ocupa de la parte inferior, no sin una pizca de malicia, consciente del "baño" que Monica la había obligado a hacer. Muerde, pellizca, explora con su lengua.

Monica, llorando, respira con dificultad y trata de pensar en una posible salida.

Ve su magnífico pecho reluciente de sudor, siente el deseo de sus torturadores, sus lenguas y sus dedos deslizándose sobre ella.

Empieza a maravillarse de sí misma cuando una extraña sensación se apodera de ella; los esfuerzos inútiles por liberarse están marcados por sonidos guturales, casi animales. Las correas en modo emergencia, si bien son más seguras, dejan un mínimo de libertad de movimiento, siendo más elásticas; De esta manera Mónica tiene la oportunidad de forzarlos, destacando su imponente musculatura, con gran agradecimiento a Robert y Sonia. Sabe que no tiene ninguna posibilidad, pero sigue tirando, como un animal, casi ... casi como si le gustara que esos dos la vieran en ese estado. No, no es posible.

Tras innumerables tirones acompañados de gruñidos, Sonia advierte un signo inconfundible de la excitación del conejillo de indias.

"Oye, Robert, ven a ver a esta pequeña perra ..."

Robert pone un dedo en el área ofensiva.

"Pero mira, quien hubiera pensado eso"

Sonríen a la víctima inmovilizada, que intenta disimular el enrojecimiento de sus mejillas.

Mónica, tratando desesperadamente de descartar el pensamiento, comienza a gritar.

"Ayuda ... Ey, ¿alguien puede oírme? Ustedes dos tienen ideas muy extrañas, maldita sea, si alguna vez logro liberarme no dejaré que te levantes de nuevo como lo hice las últimas veces"

El miembro 231 irrumpe en la habitación con diez humanos modificados.

"Chicos, por favor ... tenemos mucho tiempo para eso. Ahora dejen que los humanos modificados la lleven a su celda, y permítanme intercambiar unas palabras con ella ... después de todo, eres mi invitada, asquerosa perra"

Pasa un dedo por su abdomen para llegar a su pezón y aprieta.

Monica se retuerce y mantiene una mirada orgullosa y desafiante a la mujer.

"Tú y yo tenemos que tener una conversación sobre quién está a cargo aquí y quién NO debe permitirse mirarme de esa manera"

Lo dice severa pero controlada.

Los humanos modificados se van con el carro.

QUINTA PARTE
EL CUERPO DE MONICA –
FANTASTIC GIRL

Presentación del nuevo conejillo de indias

Hay mucha emoción en la isla. Todo el mundo sabe que hay una nueva adquisición. Es un suceso bastante común, pero esta vez parece que las cosas son diferentes. En parte porque todo el mundo sabe quién es Monica G., sus hazañas atléticas, la forma en que la atraparon, como superheroína; luego de la noticia de la captura todos fueron a ver fotos de la mujer en internet, sacadas de artículos deportivos o de videos en los que participa en el salto con pértiga. Sobre todo, todo el mundo se pregunta por qué no fue incluida entre los conejillos de indias como todos los demás. Esto provoca un ligero descontento en la isla, por lo que el miembro 231 convoca a Robert y Sonia a su oficina.

Los dos todavía están impactados por la captura de su objeto de deseo.

Sonia toma la palabra.

"Esto ... miembro 231, realmente no sabemos qué decir ... decir gracias es poco"

Lágrimas de alegría en sus ojos angustiados, casi incrédulos por la gracia recibida.

Robert en éxtasis, incapaz de hablar.

Ahora pueden vengarse de quien los humilló en el pasado y, al mismo tiempo, tenerla como y cuando quieran.

Las fantasías de los dos se desbocan, renovadas por lo que siempre han querido, posibles torturas, pruebas de fuerza, incluso manteniéndola desnuda y atada en la habitación para humillarla.

El miembro 231 detiene los desvaríos de los dos.

"Chicos, lo primero de todo es que no tienen nada que agradecerme. Tener un espécimen como Mónica aquí era algo que habíamos estado esperando durante mucho tiempo. Una oportunidad como esta surgió con la 'tontería' de ella de convertirse en superhéroe con lo que nos lo puso fácil. La razón por la que no tienen que agradecerme nada... es que TODOS los integrantes de la isla podrán apreciar ... sus cualidades; además hay muchas pruebas - experimentos para los que se necesita una hembra con estas características "

Los dos nunca lo habían considerado desde este punto de vista y un toque de ira - celos los pilla desprevenidos.

Sonia, un poco asustada, interviene.

"Pero ... bueno ... con el debido respeto, pero usar una mujer ... eh ... conejillo de indias con este potencial para ciertas pruebas, parece un desperdicio ..."

"Oh, pero te refieres al daño que podría sufrir ... ¿sabes qué? Prácticamente has terminado la 'máquina regeneradora'; bueno, considéralo un aliciente para acelerar los preparativos; y, vamos, la seguirás teniendo. Robert, tú reponte esa cara. Somos seis, más de una vez a la semana podrás 'jugar' con ella, tal vez incluso con tu colega ".

Robert y Sonia sienten un poco de frío por su abrumador entusiasmo inicial, pero se dan cuenta de la situación en la que se encuentran.

"Digámoslo así, tienes dos días para completar la máquina, entonces ... bueno entonces Mónica tendrá que pasar por las manos de nuestro Paul, amante del látigo; y hasta por mis manos, ya que ella y yo tenemos un asunto pendiente".

Monica pasa la noche en su celda. Si no fuera por la fatiga física, no podría dormir; demasiadas preguntas en su cabeza sobre dónde está, qué le espera en el futuro. ¿Cuál es el propósito de estas personas? ¿Qué le harán a ella? ¿Sobrevivirá? Tanto la humillación como el dolor físico la asusta. En el plano físico, nunca ha tenido problemas para soportar el dolor y la fatiga. ¿Pero cuál fue ese sentimiento de abandono y desahogo que poco la había llenado cuando estaba desnuda y atada en las manos de esos dos?

Un golpe en el colchón le despierta, es ella con un traje ligero puesto.

"Despierta querida, mi descarriada conejillo de indias."

Monica se da cuenta de que este no es el momento de rebelarse y no dice nada irrespetuoso al miembro 231.

"En pie".

Ella obedece.

El miembro 231, normalmente, debería, en este punto, ordenar a los humanos modificados que entren, inmovilizar sus manos y pies, luego llevarla al gimnasio, ejercitarla, mantenerla en forma; ya que lo más importante en estos días es evaluar su potencial y con qué propósito podría usarse.

El procedimiento normal prevé que, después de una mañana de trabajo en el gimnasio y la piscina, se alimente a la cobaya, se le deje descansar un par de horas y luego se le pida que realice un entrenamiento específico que puede ser correr, electroestimulación, nadar o mejoras específicas. Luego ducha final, cena y, para los ejemplares más agradables, una velada con uno de los miembros de la isla para "alegrar" su estancia. Obviamente, todas las sesiones de entrenamiento del conejillo de indias son supervisadas por al menos cinco humanos modificados; Los conejillos de indias siempre están inmovilizados o colocados en lugares desde los que no pueden hacer daño (como la piscina con borde alto, el camino vallado en la isla y el gimnasio con barras).

El miembro 231, sin embargo, en lugar de pasar por el procedimiento normal, se deja tentar, no tiene paciencia para esperar su velada.

"Escucha, perra, no quiero que mis soldados armados te inmovilicen, te lastimen o posiblemente te castiguen; debes saber que podemos aturdirte con armas paralizantes en cualquier momento para obtener tu obediencia, de una forma u otra; así que espero que seas lo suficientemente inteligente como para obedecerme "

Silencio.

"Bueno, empieza a trotar en el acto"

Monica, un poco sorprendida por la petición, a pesar de estar molesta en el orgullo de ser llamada "perra", comienza a trotar.

Su trote sobre el suelo de la habitación es ligero y sin dificultad.

"Bueno, levanta un poco más las rodillas"

Lo hace.

Después de cinco minutos de trote ligero, Monica no siente el menor signo de fatiga.

"Levántalas más"

Monica parece un resorte, no tiene la menor dificultad. Es impresionante cómo combina poder con gracia y elasticidad.

Sus piernas son una con su cuerpo en movimiento.

Un todo perfecto.

"Detente, respira un poco"

Monica aprovecha la oportunidad para recuperar el aliento (incluso si no lo necesitaba).

El miembro 231 no nota ni una gota de sudor en la cara del conejillo de indias.

"Flexiones, Monica; comienza a hacer flexiones; pies juntos y cuerpo recto; no pares hasta que te lo diga"

Comienza.

Perfecto.

Una facilidad impresionante.

Después de otros cinco minutos, no muestra signos de disminuir.

El miembro 231 debe ir al baño.

"El capitán comprobará que sigues haciendo flexiones; vuelvo enseguida; ah, por favor no te detengas y tampoco bajes la velocidad, de lo contrario ... bueno, encontraremos algo doloroso que hacer de inmediato, perra"

Mientras la mujer se aleja, Monica continúa con el ejercicio. Ahora se arrepiente un poco de haberle contestado mal a la mujer el día anterior. Pero sabe que actuó siguiendo sus instintos y su orgullo sigue intacto.

El miembro 231 regresa del baño y observa al conejillo de indias. Su movimiento es siempre regular y suave, pero la respiración comienza a ser dificultosa.

Después de quince minutos, calculando una flexión por segundo, ya habrá hecho casi novecientas flexiones.

Había presenciado cobayas machos que llegaban a las tres mil; en cualquier caso, cuando llegaron a mil, su ritmo se redujo drásticamente. Monica ... bueno, solo un pequeño resuello.

"Contigo quiero que se duplique la vigilancia ... o mejor, se triplique; capitán, que vengan otros diez; deben ser quince, de los cuales cinco estén armados. Maldita sea ... quiero verte sudando, estoy impaciente. Tú, levanta un poquito la temperatura"

Hecho.

Monica empieza a sentirse cansada, se forma sudor tanto por el cansancio como por el calor de la habitación.

En algún momento, inevitablemente, comienza a disminuir su ritmo.

El Miembro 231 está satisfecha con el resultado obtenido.

"Bueno, enhorabuena; de pie"

Monica, respirando con dificultad, se levanta.

Para ella fue una muestra de entrenamiento, pero nada particularmente exigente; sólo le molestaba el aumento de temperatura.

Este es el momento que estaba esperando.

"Quítate la ropa".

De mala gana, lo hace. Fuera con la parte superior del traje.

"Completamente; te quiero completamente desnuda"

Hecho.

"Las piernas separadas y las manos por encima de la cabeza".

Esta visión nunca ha sido antes vista por ella. Sin embargo, en todos estos años había visto a muchos atletas, varios negros; el sudor hace brillar sus hermosas formas.

Desde el interior de la celda Mónica hace lo que se le ordena para evitar represalias inmediatas, mientras mantiene una mirada orgullosa que presencia su temperamento nada sumiso.

A una señal de la mujer, diez humanos modificados ingresan a la celda, inmovilizándola con dobles correas (según ordenó la mujer) a una barra con ganchos que ha salido del techo de la celda, los otros cinco a una distancia segura con las armas paralizantes apuntadas.

Para cuando sus muñecas están sujetas al techo, Mónica todavía tiene las piernas libres y sabe que podría noquear al menos a cinco o seis de ellos; pero ¿cómo tratar con los demás y especialmente con los armados? Así que también permite que le amarren los tobillos al suelo. Ahora está atada en X de pie.

"Tiren de ella un poco".

El capitán opera la barra con un control remoto acercándola al techo. Cuando los pies de Mónica están a diez centímetros del suelo y sus movimientos se limitan a un cierto balanceo, se detiene el mecanismo.

El miembro 231 está asombrada.

Se acerca con sádica lentitud a Monica encadenada y la olfatea.

Su sudor es agradable al olor. Los senos, después del esfuerzo, tienen un hermoso color rosa; el pecho sube y baja mostrando toda la feminidad animal de la mujer.

Lengua en las axilas. Mónica, que había tratado de permanecer inmóvil para no satisfacer a la mujer, da tirones incontrolablemente y tira de las correas, para agradecimiento del miembro 231.

"Mmmm, ¿es posible que tengas cosquillas? Ya veremos, ya veremos, tal vez otro día. Ahora déjennos a solas."

Los humanos modificados se retiran. Monica se pregunta qué quiere la mujer de ella. Sabe que no debería haberle lastimado el labio, ahora cubierto con una venda. Tiene un gesto instintivo y comienza a tirar de las correas que, sin embargo, al ser en parte elásticas, absorben su esfuerzo ileso y sin ceder. Luego, renueva obstinadamente el esfuerzo logrando doblar brazos y piernas lo suficiente para tener más apalancamiento.

"¡Oigan ustedes, vuelvan aquí por un momento! Rápido"

Los humanos modificados han vuelto con una gran carrera.

"Quiero que agreguen más correas; será mejor que estés ultra segura, incluso aunque nunca pudieras romperlas de todos modos, perra".

Monica se siente molesta, pero mantiene su comportamiento y no demuestra rechazo. Efectivamente, hubiera sido imposible liberarse, pero la mujer le teme mucho, después de la patada anterior.

Ahora está aún más ajustada que antes, las correas extra le dejan muy poco movimiento.

"Ahora pueden irse"

Ahora están solas.

El miembro 231 mira fijamente a Monica durante cinco minutos y permanece inmóvil. Monica no dice nada y no delata emociones.

"Bueno, tienes un buen temperamento, perrita"

Monica tiene una mirada fija y orgullosa y evita la mirada de la mujer.

La respiración es más tranquila ahora.

"No hablas. ¿Qué deberías decir por otro lado? Las perras no hablan. Al menos podrías disculparte por mi corte en los labios, ¿no te enseñaron educación?"

Silencio.

Al toque de la mujer en el musculoso abdomen, Monica da un salto.

"Ah, pero ahí estás. Escucha, descarada, en unos días te tendré toda una noche. No sé de dónde vienes, ¿cómo puedes ser tan hermosa y fuerte al mismo tiempo? A veces he pensado que no puede haber nadie así en este planeta. Oh, pero no te preocupes. Te haré sufrir. Físicamente. Y luego me rogarás que te perdone "

Mordisquear el abdomen alrededor del ombligo, lamer los senos y los pezones. Parece un sueño. Le muerde el pezón izquierdo y Monica se sacude, más de orgullo que de dolor, y gira la cabeza hacia un lado.

"Mirarás hacia abajo y me rogarás que te bese, diciendo que soy tu única Diosa en la Tierra".

Le muerde el pezón con fuerza, Monica reprime un grito, pero un "¡nnnggghhhhh!" se le escapa.

"Por hoy está bien, pero no termina aquí ... nos volveremos a encontrar pronto; ya sabes, tengo el mando en esta isla olvidada por el mundo".

Monica, ante la palabra "isla", tiene un momento de pánico. Sus posibilidades de escapar son prácticamente nulas si se encuentra en una isla.

Por ahora está orgullosa de no haber sucumbido a la mujer.

Los humanos modificados regresan para la rutina diaria y el día transcurre sin problemas.

Sonia y Robert están trabajando asiduamente en la máquina regeneradora.

En la práctica, es un huevo gigante donde cualquiera que se ponga dentro durante cinco minutos puede curarse de todo tipo de heridas, enfermedades y lesiones. No puede hacer nada contra el envejecimiento normal, pero usarlo todos los días puede alargar mucho la vida, en teoría.

Después de varios intentos con conejillos de indias después de haberlos sometido a pequeños cortes, quemaduras, raspaduras, Sonia y Robert fueron más allá, sometiendo a los conejillos de indias a traumas severos, esguinces, mutilaciones parciales, y luego los curaron con resultados sorprendentes. Ahora están completando pruebas para mejorar la confiabilidad y eficiencia de la máquina.

Robert se lo prueba en él mismo. Aunque no esté herido ni enfermo, lo usa durante dos minutos. Una vez fuera, se siente como si acabara de despertarse de un sueño de días y días, completamente nuevo, su postura más erguida, su cuerpo más tonificado. Se pregunta qué efecto podría tener ... en ella. Sonia también se lo pregunta.

Reunión especial.

Sala de reuniones con Sonia, Robert, Julia, Samantha y Paul.

Entra el miembro 231, los demás se ponen de pie en señal de respeto.

"Buenos días queridos compañeros. Hoy les presento a la esperada Mónica. Hay mucha curiosidad por parte de todos, hombres y mujeres. Entre nosotros confieso que cuando la veo sin ropa mi heterosexualidad flaquea mucho. Eh, miren esta grabación: después de su captura la vi y me llamó la atención su físico, así como su rostro, así que puse a prueba sus habilidades de gimnasia - lucha dándole una falsa esperanza de escapar. Solo puedo decirles que estaba desarmada. (además de desnuda, no pude evitar desnudarla) contra diez humanos modificados armados con cadenas y porras ... bueno, miren ":

La película de la pelea procede desde los momentos iniciales en los que se la ve rodeada, en el momento de su ataque, luego a los golpes que recibe, ella que se levanta como si nada, su victoria momentánea. Tras la escena, el vídeo continúa con la entrada de los otros veinte que la atrapan, no sin dificultad, gracias a la red, así como a la evidente superioridad numérica. La escena de la pelea de la Miembro 231 va acompañada de un "Oohhh" de asombro general. Luego se la ató al catre con correas. Al final del video, algunas imágenes fijas destacan algunos movimientos acrobáticos casi antinaturales, así como sus magníficas formas.

Julia y Samantha, notoriamente rectas, se miran preocupadas.

"Miembro 231, tiene razón; no conozco a mi colega Samantha, pero al ver un ejemplar así puedo cambiar de lado con bastante facilidad; oigan, miren cuando la golpean, tiene un movimiento loco; animal pero agradable; poderoso pero sinuoso, una velocidad de ejecución casi inhumana ... mmm ... quién sabe cuántas cosas podemos hacer que intente ".

Interviene el miembro 231.

"Bueno, sin más trámites, aquí está el original".

Los humanos modificados llevan una jaula. Dentro, Monica lleva un traje de baño morado. Está encadenada por las muñecas, los tobillos y con collar sujeta a la parte superior de la jaula, con pocas posibilidades de movimiento. Vendada y con refractor en la boca.

"La amordacé, es rebelde, no quiero que ofenda a mis queridos compañeros. Ya me ha ofendido a mí, pero yo no soy susceptible ... bueno, también porque sé lo que le espera".

Mónica se da cuenta de que está siendo observada por varias personas, pero finge indiferencia.

Paul toma un aguijón eléctrico y le da un golpe en la nalga derecha, lo que hace que el conejillo de indias jadee mientras ella comienza a retirarse. Las cadenas, aunque gruesas y seguras, le permiten libertad de movimiento por lo que acerca el abdomen al frente de la jaula; pero ahí la espera Sonia, también ella con un aguijón, y le da un golpe en el abdomen, haciéndola retroceder.

Los demás se unen al juego y para Monica la situación se vuelve "urgente" por decir lo menos. Se burlan de ella a su vez, desde cada lado de la jaula, a veces a intervalos cortos, a veces con pausas sádicas, sin decir una palabra.

Los aguijones no son especialmente dolorosos, sobre todo para un ejemplar robusto y sano como ella, pero son muy molestos y, sobre todo, provocan movimientos incontrolados de su cuerpo, ofreciendo un bello espectáculo a los torturadores.

El traje de baño de una pieza le da un toque de color a su persona, sin embargo, deja poco espacio a la imaginación de los sádicos espectadores. Samantha aprecia cómo su cuerpo, al moverse, crea dinámicas musculares muy sensuales, cosas que no se podían notar en la foto.

Después de varios minutos Mónica comienza a enojarse y retorcerse como furia salvaje, olvidando que se había propuesto contener sus emociones y frustraciones para no dar satisfacción a quien la estaba torturando.

Paul, sádicamente, activa el aguijón en la parte interna del muslo con una acción prolongada durante unos segundos, obteniendo un gruñido sofocado por la mordida. El ruido de las cadenas tocándose entre sí y la vista de ellas envolviendo esa obra de arte viviente son una bendición para los torturadores sádicos.

Monica está exhausta. Su ira se convierte en frustración y no puede contener las lágrimas. A pesar de esto, los aguijones la tocan una y otra vez, inexorablemente. Ahora su pecho sube y baja de forma convulsiva, fuera de control.

"Deténganse".

El miembro 231 ordena llevar al conejillo de indias al centro de la mesa alrededor de la cual se sientan los colegas.

"Queridos compañeros, aquí está el programa de las primeras semanas: todas las mañanas Mónica se entrenará, se mantendrá en forma según el procedimiento; por la tarde haremos todo tipo de pruebas, sobre todo la primera semana; por la noche, ya imaginando que todos la quieren tener, el turno primero será nuestro ... para ser mi juguete, ¿verdad perra? "

Se burla de ella de nuevo con su aguijón. Monica emite un "nnnggghhhhh" de rabia, sobre todo por la palabra "juguete", sin saber lo que le espera, y empieza a tirar de las cadenas. Al estar un poco sudorosa, su cuerpo se ve aún más animal.

"Habrá que preparar un calendario ... ah, suponiendo que yo, Robert, Sonia y Paul queramos, ¿ustedes dos, Julia y Samantha? ¿Qué les parece? También pueden seguir con los chicos, si quieren, nadie les obliga"

"Mire, Miembro 231, como ya dije antes ... esto creo que puedo decir con absoluta certeza que, por primera vez, nos interesará el cuerpo femenino; esto supera a cualquier otro conejillo de indias que hayamos tenido".

Diciendo eso, Samantha pasa un dedo desde el ombligo hasta la axila de la perra encadenada provocándole otra reacción incontrolada y un "nnggrrrrr" sofocado.

"La perra ladradora no muerde; mira su cuerpo, parece una salvaje"

El miembro 231 continúa.

"Entonces, el lunes Julia y Samantha, el martes Paul, el miércoles descanso (después de Paul me gustaría mucho ver si todavía está fanfarroneando), el jueves yo, el viernes Robert, el sábado Sonia, el domingo descanso. Creo que para la primera semana podría ser así. Hoy les daremos una prueba de sus ... habilidades físicas, ¿verdad, perrita? "

Toque, toque por detrás en las nalgas con el consiguiente arranque de Mónica.

Rutina de ejercicio

"nnngggghhhhh"

Monica jadea cuando los humanos modificados le quitan la mordaza.

Ahora está al aire libre; por primera vez se da cuenta de que está realmente en una isla; la vista del mar alrededor de Mónica tiene un comienzo de desesperación.

Pero ahora tiene que averiguar qué está pasando.

Hay otras personas vestidas como ella, aunque sea con bañadores de diferentes colores, mujeres en bikini o como ella con bañador de una pieza, hombres, con slip. Parecen ser personas físicamente fuertes, deportistas de diversa índole. Los rodean humanos modificados armados, un pasillo que se asemeja a una jaula abierta. Desde su posición, Monica puede ver que el pasillo - jaula continúa hasta donde alcanza la vista.

No muy lejos, un hombre desnudo está atado en X al aire libre, a un mecanismo que gira lentamente, exponiéndolo al sol en su totalidad. Monica se asusta y se le hiela la sangre al pensar en lo que podrían hacerle.

Aparece el Miembro 231, junto con los dos idiotas y otros fuera de la jaula.

"Buenos días, conejillos de indias".

"Hola, Miembro 231"

Los conejillos de indias responden a coro, asustados, Mónica excluida.

"¿No te enseñaron a saludar, perra?"

Monica se queda quieta con una mirada orgullosa.

"Sabes que tu fuerza aquí no te ayudará, ¿verdad?"

Ella asiente con la cabeza y ocho humanos modificados se acercan a ella dentro de la jaula con sus armas apuntadas.

Mónica mira al desafortunado hombre que se mantiene bajo el sol a la fuerza y renuncia al orgullo.

"Buenos días Miembro 231"

"Pero bueno, estamos aprendiendo buenos modales; no eres tan estúpida como pareces, perra ..."

Monica tiene un movimiento instintivo para correr hacia la cerca, tanteando para escalarla y golpearla de nuevo, pero tan pronto como insinúa un movimiento, los humanos modificados bloquean su camino y le apuntan con sus armas.

El miembro 231 sonríe con aire de suficiencia.

"Para los que no están familiarizados con las reglas - un guiño a Mónica - son cinco hombres y cinco mujeres, más otros diez que acaban de terminar, pero que no tienen idea del tiempo que ya han hecho ... ustedes harán una vuelta de tres kilómetros. Daremos la salida en orden aleatorio, les cronometrarán. En cada vuelta se detendrá el hombre y la mujer más lentos y serán considerados últimos clasificados. Para el resto de nuevo igual, cada tres kilómetros hay una eliminación. La clasificación se hace en el orden de eliminación y luego por los tiempos No hace falta decir que los últimos tres se usarán ... para experimentos desagradables, del séptimo al cuarto ... nada que hacer, el segundo y el tercero un día libre y el primero ... una semana entera libre "

Monica siente la tensión en los demás "competidores". Es la cuarta en salir.

No sabe qué estrategia adoptar; ella pareció entender que todos son atletas; tiene que competir con las mujeres, algunas de las cuales tenían un físico más macizo, para carreras cortas; en estas puede imponerse en largas distancias, pero tiene miedo de ser eliminada en los primeros tres kilómetros. Por eso, sin demasiados cálculos, se enfoca en ser parte de una gran carrera.

En el primer kilómetro Mónica se da cuenta de que el hombre que salió tras ella la está alcanzando. Esto no debería ser un problema, ya que compite con mujeres, pero es la primera vez que un hombre la sigue y va incluso más rápido que ella; quizás los otros prisioneros hayan sido "sacados" del mundo del atletismo; además, la forma en que se mantienen y se entrenan cada día podría aumentar su rendimiento. Por lo tanto, comienza a acelerar, un poco asustada y temerosa por los llamados "experimentos". El hombre ya no se acerca a ella y mantiene una distancia constante. Al final de la vuelta por la isla, ve la figura de un hombre al que casi ya ha alcanzado. A su llegada a la meta, los humanos modificados están preparados y los demás están con cronómetros y computadoras. Después de la línea de meta, los humanos modificados lo detienen con sus armas apuntadas; inmovilizan al hombre que estaba delante de ella y lo apartan del camino; le parece que está aterrorizado y llorando. Obviamente él es el primero en ser eliminado y siendo ciertamente el último o el penúltimo sabe qué esperar. Mónica, pensando que ya no será de las últimas, toma los últimos metros con una velocidad más tranquila para prepararse para una carrera de distancia.

El momento de la verdad: pasa la meta ... no ve movimientos particulares, puede continuar. Ahora comprende la crueldad del juego: tener que correr sin referencia y siempre en tu mejor momento. La prisa tomada al final de la vuelta la cansó un poco, pero recupera la fuerza y la conciencia al pensar en todos sus entrenamientos hechos en el pasado, y al pensar que ella, después de todo, es Monica G. Con su respiración se recupera y comienza a aumentar su ritmo. Después de la segunda vuelta todavía está en carrera y esto la consuela dado el miedo que se le escapó de lo que le podría pasar; además, el hombre que la estaba alcanzando ya no se la aproxima, buena señal. Ahora se acerca a la idea de poder ganar al menos un día de libertad.

Pobre ingenua, Monica no se da cuenta de lo que ocurre en la zona de contrarreloj. El Miembro 231 observa con incredulidad los datos cronométricos junto con los demás: tras una primera vuelta en línea con los otros conejillos de indias, Mónica fue la más rápida en la segunda vuelta, incluso por encima de los hombres; en la tercera vuelta es la única que ha bajado los tiempos en lugar de aumentarlos; su paso es admirado por todos: una excelente carrera, que no parece producirle el menor cansancio; sólo después de los primeros seis kilómetros se empieza a ver sudor en su magnífico cuerpo, que embellece sus ya espléndidas y esbeltas formas. El miembro 231 se dirige a sus colegas:

"Como ven, lo que se dice de ella parece ser cierto, al menos en carrera; como es un ejemplo más allá de todos los parámetros, luego competirá en la piscina, a pesar de los procedimientos que prohíben dos carreras el mismo día; aquí podría ganar fácilmente, sin siquiera cansarse demasiado, pero le haremos creer que terminó cuarta ... no hay forma de darle un día libre, tengo muchas ganas de probarla ".

Mónica en la cuarta vuelta siente los primeros signos de cansancio, pero su carrera va bien y ve la posibilidad de ganar un merecido descanso.

Pero en la cuarta vuelta la detienen, con un poco de asombro: ¿es posible que alguien hay sido más rápido?

"Bien, perrita, como el primer día no está mal. Por un pelo no terminaste tercera ... paciencia, será para otro momento"

La inmovilizan y la llevan al interior del centro de detención, a su celda. Agua a voluntad y algunos complementos alimenticios.

Después de quince minutos de descanso total, Robert y Sonia se acercan a la celda solos.

"Hola Monica"

Robert comienza.

Sonia observa, sin saludarla, al cuerpo de pies a cabeza en su bañador de una pieza.

"Ten cuidado, perra"

Robert sonríe.

Mónica, a pesar de los quince kilómetros a una velocidad vertiginosa, todavía tiene algo de energía. Se lanza con todas sus fuerzas sobre el cristal, patea y puñetazos, grita y arremete contra los dos excompañeros.

"¡Maldita sea! ¿Qué quieren de mí? ¡Nunca me conseguirán, sino que antes me mataré! ¿Entiendes, tú, monstruo de la naturaleza? ¿Y tú, psicópata? ¡Nunca me tendrás!"

En respuesta, Sonia activa el interruptor que eleva la temperatura, con la celda dividida en dos partes y el agua que fluye de una ducha.

Monica comienza a sudar, el calor se vuelve insoportable después de pocos minutos.

Sonia se vuelve hacia el asustado Robert:

"No te preocupes, ama demasiado la vida como para suicidarse, una cosa son las palabras dichas por una bestia enojada, una cosa es que lo maten en serio ... ya sabes, la conozco ... bueno, bastante íntimamente"

Monica, cuando siente que la temperatura vuelve a subir, se da cuenta de que la suya es una batalla perdida.

"Está bien, es suficiente, haré lo que quieras, solo dime cómo hacer para poner fin a esto"

"Pon atención, perra"

Monica lo hace, con lágrimas en los ojos.

Sonia aprieta un botón, baja el calor, sube la rejilla y Monica se dirige al agua.

"Alto"

"Pero ¿cómo, no hice lo que querías?"

"Todavía no, perra; tienes que cambiarte para la próxima carrera; quítate el bañador"

Monica lo hace de mala gana.

"Pon el bañador en la ranura. Bien. Ahora vuélvete hacia nosotros, arrodíllate y pon tus manos sobre tu cabeza"

Desde el cristal, Robert y Sonia miran a su prisionera arrodillada.

Robert interviene, hasta ese momento se había quedado al margen dejando las riendas del juego a Sonia.

"Prefiero que estés de pie ... puta"

Monica se sonroja; hasta ese momento, Robert había parecido amable.

Robert, no puede reprimir una sonrisa sádica. Está superando la timidez hacia su ex amor. Ahora ella está desnuda, de pie y a su merced. Puede ver sus músculos en cada centímetro, su pecho palpitante. La fuerza física del conejillo de indias es inútil frente a los sistemas de inmovilización de la isla, el contraste entre ella y los dos se acentúa aún más por la desnudez y el hecho de que los domina en estatura.

"Bueno, bueno, pronto podremos estudiar tu cuerpo y sin prisas, ahora date la vuelta, enséñanos tu culo firme"

Mónica sorprendida se da la vuelta con toda su majestad. Visto desde atrás, destaca la firmeza de las piernas largas, glúteos y espalda. Los músculos de los brazos vistos desde atrás son una escultura viviente y se mueven como flechas.

"Separa las piernas e inclínate hacia adelante, ahora, apoyando los brazos en el suelo"

Monica siente que se sonroja al sentir un objeto frío como el suelo en sus manos.

En el momento en que se inclina, se siente vulnerable a la vista de los dos en toda su privacidad. Los abundantes pechos destacan entre los muslos, las piernas quedan rectas gracias a una flexibilidad poco común. Los dos se quedan con el conocimiento de que pronto lo tendrán totalmente disponible.

Mónica, en esa posición, luego de intensa actividad física y cansancio, siente un extraño calor que sale de su estómago; una extraña sensación de placer se apodera de ella.

"¿Como es posible?"

Ambos se preguntan.

Sonia y Robert se miran un poco sorprendidos, casi leyéndose la mente, atrapados por la duda de un posible agrado por su parte.

Interviene Sonia

"Bueno, puedes ir a refrescarte".

Monica, en lugar de sentirse aliviada, es casi reacia a dejar el puesto, pero rápidamente descarta la idea y se dirige al chorro de agua, refrescándose.

Fantastic Girl

La siguiente prueba se realiza en bikini, con top rojo y braguita azul, de esos bastante comedidos, deliberadamente apretados para resaltar sus pechos y sus pezones que, gracias al aire fresco, quedaban bastante evidentes.

Se encuentra en una piscina con un borde de dos metros de altura, para evitar cualquier intento de fuga. Hay hombres y mujeres como en la carrera anterior, las reglas son las mismas, con las vueltas cubiertas como parámetro.

Después de diez vueltas se ve al primero eliminado. Una mujer, asustada por la perspectiva de los experimentos a los que se iba a someter, tiene la malsana idea de intentar escapar una vez que salga de la piscina. Al ser muy fuerte físicamente, logra vencer a seis humanos modificados a pesar de las esposas en sus muñecas, antes de ser aturdida por las extrañas armas.

Mónica no se detiene demasiado y trata de dar lo mejor de sí misma, a pesar de la carrera de quince kilómetros que acaba de hacer. Nadar es una de las cosas que mejor hace.

El Miembro 231 observa los horarios como de costumbre y nota la misma tendencia que ya se vislumbraba en la carrera: la chica parece mejorar con el paso del tiempo. Aquí también, después del comienzo tranquilo, comienza a ser incluso más rápida que los hombres. E incluso aquí, se decidió "conseguirla" quinta, a pesar de la clara posibilidad de poder verla en el escalón más alto del podio, incluso mejor que los hombres ya después de la primera carrera.

Mónica está, incluso aquí, un poco sorprendida, pero por ahora se contenta con no haber terminado en los últimos tres puestos.

Pero la idea de escapar le ha surgido después de ver el intento de la nadadora anterior.

Se dio cuenta que al lado de la piscina hay un emplazamiento de un helicóptero y tal vez...

Esa idea la hace envalentonarse y aprovechando la fila que se va a hacer con los nadadores y antes de que la vuelvan a encadenar va a aprovechar la última oportunidad que cree que puede tener antes de lo que la espera en la noche con el Miembro 231, para intentar ir hacia el helicóptero.

Derriba a los dos humanos modificados que la circundan y va directa como una flecha hacia el Miembro 231 que se queda sorprendida por la rápida reacción de la mujer.

En estos momentos vuelve a convertirse en Fantastic Girl.

Aprovecha un poste que recoge del suelo y con su ayuda lo planta en el suelo y de un salto increíble pasa por encima de los guardias que ha mandado el Miembro 231 en su captura después de la primera reacción de sorpresa, y aterriza al lado de ella, dándole una nueva patada en la cara e inmovilizándola.

"¡Cómo alguien se acerque a mí la mato aquí mismo, malditos!

El Miembro 231 hace un gesto a los humanos modificados para que se mantengan alejados.

"¿Ahora qué vas a hacer, perra? Me estabas empezando a caer bien pero después de esto vas a sufrir más de lo que puedas imaginar, puta"

"Cállate maldita o te rompo el pescuezo ahora mismo, vamos a ir tranquilamente hacia el helicóptero..."

La Miembro 231 se da cuenta de que hay una posibilidad real que se plan funcione teniéndola como rehén y con lo fuerte que es aun después de dos pruebas agotadoras....

Por ello intenta distraerla...

"Mira ... ahí están Sonia y Robert ¿no quieres decirles algo?

Monica mira un momento hacia donde señala la Miembro 231 por lo que esta aprovecha para intentar zafarse, pero la fuerza con que la sujeta es tal que inmediatamente Monica se da cuenta de la maniobra y le da un puñetazo en el estómago.

"La próxima vez que me quieras intentar engañar te mato, puta. ¿Dónde está el piloto del helicóptero? Llámalo para que venga y lo prepare"

La Miembro 231 hace lo que le dice por lo que en unos momentos aparece una persona vestida de militar al lado del helicóptero y entra para ponerlo en funcionamiento.

En eso Sonia y Robert ya están junto a ellos con unas caras difíciles de descifrar, pero parecen desconcertados.

"¿Miembro 231 que está pasando aquí?"

Monica les mira con un odio tal que retroceden, pero no lo suficiente...

Aun con la Miembro 231 sujeta con un brazo Monica lanza una pata mortal hacia ellos dándole a Sonia directamente en el cuello. Esta cae fulminada al suelo, muerta en el acto.

Robert se queda paralizado por la sorpresa y el horror al ver a su amiga caer muerta, lo que permite a Monica lanzar otra patada hacia él esta vez en los genitales con tal fuerza sobrehumana que Robert lanza un chillido inhumano de dolor y se restriega por el suelo.

"Esto para que te dejen de funcionar definitivamente los huevos, puto sádico"

Y con un rápido movimiento se introduce en el helicóptero, que ya está en marcha, detrás de la Miembro 231 a la que ha empujado dentro.

"¡Bien, ya te imaginas lo que quiero así que ordénaselo!"

"Piloto, vamos al continente"

El helicóptero se empieza a elevar permitiendo a Monica volver a respirar, se había dado cuenta que llevaba un buen rato aguantando la respiración, y empieza a vislumbrar que estaba consiguiendo salir de ese infierno.

Cuando el helicóptero ya está sobre el mar a unos cuantos kilómetros de la isla, Monica, Fantastic Girl, se vuelve a la Miembro 231...

"Puta, fue un placer conocerte..."

Y la arroja al mar...

EL JUEGO DE LAS PRENDAS

125

Paul y yo habíamos ido a una fiesta que daban unos amigos suyos.

No conocía a casi nadie, pero parecía un grupo agradable.

Paul se disculpó y se puso a hablar con unos compañeros que no veía desde que acabó la carrera, así que me quedé sola.

Me serví un poco de sangría y me puse a beber tranquilamente, buscando con la mirada a alguien conocido.

Todos estaban ocupados hablando con alguien y no quería interrumpir ninguna conversación.

De pronto, vi que un par de personas se metían por la puerta que había al fondo del salón.

Al poco, otras tres personas más entraron también.

Luego, uno más.

Aquello fue demasiado para mi curiosidad, así que decidí ver qué pasaba allí dentro.

Abrí la puerta y vi a un numeroso grupo de gente mirar hacia el centro de la habitación.

Me puse de puntillas para ver qué es lo que estaban mirando y descubrí a un chico de unos veinticinco años sentado sobre una mesa con una cajita llena de pequeñas tarjetas en la mano.

La gente se reía sin cesar y aquello picaba aún más mi curiosidad.

Decidí preguntar a alguien para salir de dudas.

Toqué en el hombro a una chica que había delante de mí.

"Oye, perdona. ¿Qué es todo esto? "pregunté, elevando la voz por encima de las risas.

"Estamos jugando al "¿Te atreves?" "me respondió" ¿Quieres jugar?

"No sé cómo se juega "dije.

"No importa, ahora mismo te lo explico " exclamó "Ya verás como es muy fácil. Cuando te llegue el turno debes escoger una tarjeta de la caja que lleva el 'moderador' del juego, que es el chico que está sobre la mesa. En la tarjeta hay escrito un "desafío" que debes cumplir. Si decides no cumplirlo, debes pagar prenda. Debes quitarte algo de ropa.

" Ya entiendo. Por eso está ese de ahí sin camisa "dije señalando a un hombre que se partía de la risa. "

" Eso es "respondió ella " Es que ya llevamos un rato jugando. Además de ese hay otros que ya han pagado prenda. Aquella chica ya está en bragas y yo me he tenido que quitar los zapatos."

Miré hacia sus pies y vi que decía la verdad.

Sonreí, le di las gracias y salí de la habitación.

Busqué a Paul para preguntarle si quería entrar a jugar conmigo.

" No cariño "me respondió" Ve tú si quieres, que yo estoy hablando con unos amigos de la universidad."

Entré sola.

Me dijeron que para entrar en el juego debía decírselo primero al moderador.

Así lo hice y cuando me llegó el turno saqué una tarjeta.

"Con una venda en los ojos, besa a tres miembros del sexo opuesto y luego adivina quién es quién."

Eligieron a tres hombres, y me pusieron la venda.

El primero parecía que quería llegar a mis amígdalas con su lengua.

El segundo usó menos la lengua, pero se pasó casi un minuto sobándome el culo mientras me besaba.

El tercero también usó mucho la lengua y no solo me sobó el culo, sino que también me acarició las tetas.

Les dejé que lo hiciesen ya que, si hubiese detenido a cualquiera de ellos me hubieran eliminado.

Me quité la venda y acerté a los tres, a uno por la barba, y a los otros dos por la altura.

Cuando me volvió a tocar el turno, había ya una mujer en sujetador y bragas, y un hombre en calzoncillos.

Saqué una nueva tarjeta.

"Tendrás que enseñarle tu ropa interior al que consiga acertar su color. Pueden probar tres personas."

¡Qué mala suerte! Llevaba un liguero y unas bragas negras a juego.

Seguro que a alguien se le ocurría decir ese color.

Pero lo peor era que las bragas eran transparentes y se me veía todo a través de ellas.

¿Por qué no me habría puesto las bragas granate?

Escogieron a otros tres hombres.

El primero dijo que no llevaba nada.

Me reí y le dije que había fallado.

El segundo dijo que era negra.

¡Bingo! ¡Acertaste!

Le dije que se diese la vuelta y me levanté el vestido para que solo él la pudiese ver.

Al verme, silbó agradecido.

El moderador del juego dijo que como había perdido tenía que quitarme alguna prenda.

Con un sensual gesto me metí las manos bajo la falda, me bajé las braguitas y las colgué en la percha con el resto de ropa que ya se habían quitado los demás.

En el siguiente turno, dos hombres perdieron los pantalones y una mujer el sujetador, y dos personas abandonaron el juego quedándonos solo diez personas.

La mujer con las tetas al aire recordó al grupo que yo no había realizado el mismo número de pruebas que el resto de la gente y propuso que se me hicieran dos pruebas extra para ponerme a la altura de los demás.

La gente ignoró mis protestas y rápidamente votó a favor de hacerme dos pruebas extra seguidas.

Extraje la primera tarjeta.

"Quítate el sujetador sin abrirte ningún botón de tu vestido o de tu blusa."

Como mi sujetador se abría por delante, lo abrí sin ningún problema y pasé un lado por debajo de cada uno de mis brazos.

Mientras, todo el mundo me miraba fijamente y oí a alguna gente comentar que se me transparentaba todo.

El moderador dijo que una de las reglas del juego prohibía volver a ponerse ninguna prenda.

Saqué una nueva tarjeta.

"Elige a tres personas de tu mismo sexo con el juego de las pajitas. Dale un beso francés a una que dure por lo menos un minuto."

Rompí tres cerillas, las mezclé con otras cuantas y las fui pasando para que cada mujer eligiese una.

La que sacase una de las tres cerillas rotas tendría premio.

Joanna, una chica pelirroja de unos veinte años, un cuerpo con curvas perfectas y un poco más baja que yo, fue la primera en sacar una de ellas.

Se rió y dijo que siempre se le había dado bien ese juego.

Me hizo sentarme en sus rodillas y el moderador me recordó que si interrumpía el beso perdería el desafío.

Joanna empezó a besarme con gran determinación y, sabiendo que no tenía nada bajo mi ropa, primero acarició mis pechos y luego deslizó una mano bajo mi falda, dejándola justo sobre mi pubis, jugueteando con mi clítoris.

Aguanté el beso, pero no pude seguir sentada con aquellas manos tan experimentadas en mi clítoris.

Expertamente, me hizo alcanzar un orgasmo, mientras yo me retorcía sobre sus rodillas.

Cuando interrumpí el beso, el grupo aplaudió y vi que habían pasado seis minutos.

Joanna mantuvo aún su mano sobre mi palpitante coño durante un momento y luego me levanté.

No obstante, no dejó de presionar sobre él hasta que no me alejé unos cuantos pasos.

Tenía la respiración acelerada y me dispuse a esperar que me llegase de nuevo el turno.

Un hombre perdió los calzoncillos dejando a la vista una gruesa y dura polla.

Una segunda mujer perdió el sujetador.

La mujer que ya no tenía sujetador perdió la falda, quedándose sin nada puesto.

Me pregunté que pasaría si perdían otra vez.

Paul eligió este momento para entrar a la habitación.

El moderador le preguntó si quería quedarse.

Echó un vistazo a las tetas de las dos mujeres y no dudó en decir que sí.

Le dijeron que debía aceptar cinco desafíos si quería quedarse.

Sacó su primera tarjeta.

"Con una venda en los ojos, besa a tres miembros del sexo opuesto y luego adivina quién es quién."

Yo fui la segunda y Joanna la tercera.

Sobé a Paul como lo había hecho la primera mujer, frotando su polla a través de sus pantalones.

Joanna lo hizo mejor, bajándole la bragueta y metiendo la mano dentro.

Paul no acertó conmigo (creyó que yo era la número uno).

Perdió cuatro de las cinco prendas quedándose allí de pie en calzoncillos, y con una tremenda erección que pugnaba por liberarse.

El moderador anunció que las cosas ya habían llegado lo suficientemente lejos y que era el momento de sacar las tarjetas más fuertes.

Yo saqué la primera.

Me vendaron los ojos y me pusieron tres pollas en las manos.

Tenía que adivinar a quién pertenecía cada una.

Increíblemente fui incapaz de distinguir la de Paul de las demás.

Con toda la gente de la habitación mirando, me quité la blusa.

La mujer que ya estaba desnuda desde la ronda anterior perdió su desafío y todos los hombres sacaron una pajita.

El moderador dijo a la mujer que tendría que sentarse sobre la polla del que sacase la pajita más corta durante al menos cinco minutos.

Vi cómo se sentaba sobre el ganador, mientras éste le metía con cuidado la polla en su chorreante agujero, preguntándome si mi castigo sería el mismo en caso de quedarme desnuda.

El moderador empezó a contar el tiempo.

Ella intentó comportarse como si nada, como si al no moverse nos fuese a convencer de que no se la estaban follando allí en medio de todos, pero los lentos movimientos con que el hombre la penetraba hizo que, al cabo de unos tres minutos, empezase a reaccionar.

Estaba empezando a meterse en materia cuando el moderador dijo que el tiempo había acabado y la hizo levantarse, a lo que ella se negó, aferrándose con fuerza al dueño de la polla que tanto placer le estaba proporcionando.

Todos reímos ante aquella divertida reacción, mientras Joanna y el moderador trataban de sacar aquel erecto miembro de su coño hambriento.

A duras penas lo consiguieron.

La siguiente era yo.

"Mira las tetas de tres mujeres y luego con los ojos vendados identifícalas tocándolas solo con la lengua."

Joanna se presentó rápidamente voluntaria así como otras dos mujeres.

Les miré las tetas, calibrando su tamaño y características, y luego me vendaron los ojos.

Mi lengua exploraría por turnos cada una de las tetas.

Se me ocurrió que si se las chupaba con ganas acabarían por emitir algún sonido de placer que me ayudaría a saber quién era cada una.

La segunda estuvo en silencio hasta que le rocé el pezón con los dientes y no pudo evitar un gemido de placer.

La tercera gimió al primer lametón.

Dije que Joanna era la primera, y luego quién pensaba que eran las otras dos.

Acerté.

Ya creía que había pasado el desafío cuando el moderador dijo que debía cumplir un castigo.

Se había dado cuenta de que había usado los dientes con una de ellas.

Me dijo que me quitase la falda.

Iba a decir que siguiese desnudándome, pero se detuvo al ver mi excitante liguero rojo y negro.

Me dijo que podía seguir con la falda puesta, pero que a partir de ahora tendría que cumplir los mismos castigos que los jugadores que ya estaban desnudos.

Metió la mano en la caja de castigos y sacó una tarjeta.

No me la enseñó, pero hizo que las tres mujeres que quedaban la leyesen.

Se acercaron a mí, me rodearon lentamente y me llevaron a la cama.

Joanna se sentó en ella y las otras dos me colocaron sobre sus rodillas.

La mujer a la que le había mordido el pezón se colocó cerca de mi cabeza de forma que mi cara descansase sobre su coño.

Me sujetó los brazos para que no pudiera moverme.

La otra me sujetó las piernas y comenzó a jugar con mi coño.

" ¿Has visto que húmeda está, Joanna? "oí que le decía.

Mientras, comenzó a tocar mi clítoris con un dedo y a explorar mi interior con otro al mismo tiempo.

Involuntariamente mis caderas empezaron a retorcerse sobre las rodillas de Joanna.

De repente, ésta me azotó con fuerza.

No me quejé, pues temía fallar el castigo.

Me golpeó unas cuantas veces más y por fin se detuvo.

" ¿Cuántos han sido? "me preguntó.

" No lo sé "respondí asustada.

" Entonces empezaremos otra vez "dijo.

Joanna siguió azotándome con fuerza mientras mi coño era explorado por la otra chica.

Esta vez me fijé en contar los azotes.

Cuando llevaba veinte se detuvo y miró a la mujer que me sujetaba los brazos.

" ¿Ya ha empezado a lamértelo? "le preguntó.

" No "contestó.

" Empezaremos otra vez "exclamó Joanna.

Enterré mi cara rápidamente en aquel coño que pertenecía a una mujer de la que, como ya os habréis dado cuenta, no sabia ni su nombre.

Joanna siguió golpeándome cada vez con más fuerza.

Por fin, se detuvo.

Yo había contado 23 azotes esta vez, aunque temía haberme perdido alguno.

" ¿Cuantos han sido? "me preguntó de nuevo.

" Veinticinco "dije para asegurarme.

" No, tendrás que hacerlo mejor "dijo Joanna" Empezaremos otra vez.

El resto de la gente aplaudía y animaba sin cesar, pero no a mí sino a mis torturadoras.

También oí a Paul felicitar a Joanna por el espectáculo que me estaba haciendo dar.

Durante todo aquel tiempo, las manos que jugaban con mi coño no habían disminuido ni un ápice su velocidad.

Había perdido ya la cuenta de mis orgasmos, (por lo menos habían sido cinco), y a juzgar por el número de veces que la mujer a la que le estaba comiendo el coño me había cogido la cabeza, ella había tenido al menos tres.

Joanna detuvo sus golpes una vez más.

" ¿Cuantos han sido? "me preguntó.

"Veinticinco "dije de nuevo, preparándome para una nueva tunda.

" Correcto "dijo sin más.

Luego, dirigiéndose a la mujer que había a mi cabeza, preguntó:

" Virginia, ¿te ha dejado satisfecha?

" De momento sí "la oí contestar" A no ser que le crezca una polla...
"

" ¿Y tú, Julia? "preguntó a la que había estado explorando mi coño.

" Sí "respondió con la respiración agitada" Por mí, ya vale".

Hice ademán de levantarme, pero Joanna me detuvo y me obligó a permanecer tumbada.

" Puede que ellas hayan acabado, pero yo no "me dijo" Ahora debes contar los próximos diez golpes para que todos los que están en esta habitación puedan oírte. Luego nos besarás los coños a mí, a Virginia y a Julia a modo de agradecimiento por lo bien que lo has pasado con nosotras."

Acepté.

Le llevó más de un minuto golpearme las diez veces.

Luego, besé el coño de Virginia sin levantarme siquiera y le di las gracias.

Me levanté y besé el coño de Julia y le di las gracias a ella también, dejando a Joanna para el final.

La comida de coño que le dediqué duró unos tres minutos, hasta que finalmente la noté correrse.

Luego le di también las gracias.

Mientras lo hacía, me di cuenta de que sentía lo que estaba diciendo.

La experiencia había sido de lo más gratificante.

Ahora era el turno de Paul...

Paul escogió una tarjeta de desafío y por la expresión de su cara supe que no le había tocado lo que esperaba.

"Usando solo la boca y con los ojos vendados, identifica las pollas de tres hombres."

" No pienso hacer esto "dijo, volviéndose hacia mí.

" Un momento "contesté algo molesta" Te lo has pasado en grande viendo cómo me lo montaba con tres mujeres y tú ahora no quieres hacer esto. Creo que estás siendo injusto."

" Pero, es que... "empezó a decir" Es que son... ¡¡pollas!!"

" Vamos "dije, viendo que ya le estaba convenciendo" No te va a pasar nada si lo haces, no va a hacerte ningún daño. Además, piensa en el castigo que te impondrá el moderador si te niegas."

No estoy segura de cual de mis argumentos logró finalmente convencerle, la cuestión es que, tras pensárselo un momento más, anunció que iba a intentarlo.

Observé con atención las tres pollas expuestas ante Paul.

Él tenía los ojos vendados y temblaba de la cabeza a los pies.

Intenté animarle diciéndole que aquello me estaba excitando tremendamente, lo cual era completamente cierto.

Por fin se decidió y empezó a cumplir el desafío.

Al final no fue para tanto, acabó en menos de un minuto y solo acertó a uno.

El moderador me pidió que le ayudase a elegir el castigo.

Con los ojos aún vendados, le hicieron sentarse en el borde de la cama.

Las mujeres que seguían en la habitación se desnudaron.

A partir de ese momento la ropa ya no serviría como castigo.

Cada una de ellas se sentó en su tiesa polla durante exactamente un minuto.

Yo fui la cuarta y Paul me reconoció por las medias que aun llevaba puestas o quizás por otra cosa.

Me rogó que me quedase un poco más, lo suficiente como para correrse.

Le di un beso que le desatascó la garganta y me quedé sentada sobre él unos instantes más mientas sus caderas me empujaban una y otra vez, intentando llegar rápidamente al orgasmo.

No se lo permití.

Al fin y al cabo era un castigo, así que me levanté dejándole a medias.

Joanna fue la última en meterse su polla.

Le excitó sin piedad y también le dejó antes de que llegase a correrse.

" Si me necesitas para elegir algún otro castigo, no dudes en consultarme "me ofrecí al moderador, mientras Paul se levantaba y se quitaba, exhausto, la venda de los ojos.

" No te preocupes "me sonrió" A partir de ahora los elegiremos entre los dos."

Vi a Joanna coger la siguiente tarjeta.

La leyó para sí y pareció divertida.

Le pedimos que la leyese en voz alta y así lo hizo.

"Elige tres hombres y tócales las pollas. Después, con los ojos vendados, siéntate sobre ellas e identifica a sus dueños."

Se paseó por la habitación y eligió a dos hombres, curiosamente, los que tenían las pollas más grandes.

Al llegar a Paul se detuvo ante él y le cogió dulcemente la polla.

Paul dio un paso al frente, contento pues ahora iba a tener la posibilidad de acabar lo que antes no le habíamos dejado.

Pero, Joanna la soltó, sonriendo cruelmente.

" De momento ya has tenido suficiente "le dijo" Si te portas bien, quizás te escoja para otro juego".

Y se alejó de él, dejándole con la polla tiesa y una mueca de desilusión en el rostro.

No pude evitar sonreír.

Le estaba bien empleado.

Joanna eligió al tercero y lo llevó junto a los otros dos.

Tocó cada una de las pollas hasta que se pusieron duras y al acabar le vendaron los ojos.

Luego, se empaló en cada una de ellas, sin darles la oportunidad a ninguno de los tres de llegar a correrse.

Ella sí se corrió con fuerza sobre la tercera polla.

Incomprensiblemente, no acertó ninguna.

Todos nos dimos cuenta de que había fallado a propósito, incluso el moderador que me llamó para deliberar.

Por fin, encontramos un castigo acorde con la personalidad de Joanna, aunque en nuestro interior todos sabíamos que más que un castigo, para ella era un regalo.

Atamos a Joanna a la cama boca abajo, de forma que su cintura se doblaba en el borde, quedando de rodillas con el culo expuesto a todos nosotros.

El castigo consistiría en que cada hombre se la follaría por detrás durante un minuto exacto.

Yo estaría a su lado para ir introduciéndole cada una de las pollas.

El moderador llevaría el tiempo.

Un gesto suyo sería la señal de que se había acabado el tiempo y de que debían sacarle la polla.

Si se negaban, yo sería la encargada de sacársela a la fuerza (cogiéndoles por los huevos si fuese necesario).

Me acerqué a Paul y le dije una cosa al oído.

Luego, me puse en mi puesto.

Agarré con las dos manos la primera de las seis pollas que iban a entrar por el agujero de Joanna.

" Tiene la punta un poco seca "mentí, pues todo aquello me estaba poniendo de lo más cachonda" Creo que voy a tener que humedecerla con la lengua."

Así lo hice, recreándome más de lo necesario, lo que me hizo ganarme una reprimenda del moderador.

Luego, expertamente la introduje.

Justo cuando Joanna empezaba a moverse al ritmo de su pareja, el moderador me dio la señal de parar.

Agarré la polla con suavidad y la saqué rápidamente.

También humedecí la segunda con mi cálida boca, pues, según dije, era 'necesario'.

Cuando la metí, la polla empezó a entrar y salir a la velocidad de la luz.

A pesar de eso, la saqué antes de que ella pudiese alcanzar satisfacción alguna.

El tercero y el cuarto pasaron de la misma forma.

El moderador era el quinto.

Miré su polla y negué lentamente con la cabeza.

" Creo que también voy a tener que humedecer esta polla "dije maliciosamente.

Me la metí en la boca y comencé a lamerla y a chuparla como si no hubiese nadie más en la habitación.

Le dediqué más tiempo que a ninguna otra.

Por fin, me detuvo con su mano.

" Creo que ya es suficiente "dijo, jadeando de excitación.

" ¿Estás seguro de que quieres que pare? "le pregunté sensualmente.

" Por ahora sí "me dijo" Más tarde quizás te deje seguir.

El moderador estuvo un minuto exacto y fue el que más cerca estuvo de correrse, por culpa de la excitación que mi comida de polla le había causado.

Paul era el último.

Joanna había empujado con fuerza sus caderas contra las dos últimas pollas, intentando llegar al orgasmo, aunque sin conseguirlo.

Decidí que la haría sufrir un poco más antes del último ataque.

Separé lentamente los labios de su coño con la excusa de que así la polla entraría más fácilmente.

Aquello hizo a Joanna estremecerse de placer.

Luego, mi dedo se deslizó por todo su clítoris, excitándola aún más.

Pensé que ya era suficiente y dejé a Paul que se acercase.

Se la metió de un solo empujón, pues el coño de Joanna estaba más que lubricado.

Empezó a propinarle potentes embestidas como habían hecho los demás, pero después de la cuarta, se la saqué e hice que se la metiese por el culo.

Justo al cumplirse el minuto de rigor, el moderador me hizo la señal para que se la sacase.

Joanna empujó hacia atrás con sus caderas para intentar mantener el hinchado miembro en su sitio, pero no tuvo éxito.

El moderador se me quedó mirando.

" Ahora votaremos para decidir el castigo que te imponemos "me dijo, hablando en voz alta para que todo el mundo le oyese.

" ¿Castigo? ¿A mí? Pero, ¿por qué? "dije, incrédula.

" Por haber cambiado las reglas del anterior juego "me contestó" Las pollas solo podían entrar en su coño y no en su culo. Además, no te estaba permitido comerte todas las pollas sin mi permiso".

Nadie votó en contra.

Mientras, vi cómo Joanna rodaba sobre su espalda, con su mano flotando lentamente hacia su hambriento clítoris.

La gente había llegado a una decisión.

" Vamos a vendarte los ojos y luego todos te haremos lo que queramos sin que tú sepas quién ha hecho qué "exclamó el moderador, sonriendo.

De repente, alguien me colocó una venda sobre los ojos y varias manos me empujaron hacia la cama.

Un segundo después, una polla entró en mi boca y comencé a chuparla con ansia.

Una segunda polla se clavó en mi chorreante coño, pero tras cuatro embestidas, salió.

Luego, sentí como alguien me separaba las nalgas y acto seguido, otra polla (o quizá la misma) entró de un solo empujón en mi culo.

Quise gritar pero la polla que había enterrada en mi boca me lo impidió.

Me pusieron de lado lentamente, para que ninguna de las pollas que me estaban follando ni las dos bocas que estaban empezando a chuparme las tetas se alejasen de sus objetivos.

Noté que al menos una de ellas era de mujer pues tenía la piel de la cara muy suave, sin asomo de barba.

Varias personas se amontonaron en torno a mi sexo e intentaron penetrarme.

Tras un leve forcejeo, una de ellas lo consiguió.

Tal era la lucha que se había formado entre la gente que había entre mis piernas, que me sentía como si me estuviesen follando varias personas a la vez.

Era como si toda la gente se hubiese subido encima de mí.

La polla de mi boca entraba y salía de ella sin descanso, mientras que la de mi coño seguía bombeando, pero con alguna dificultad.

La de mi culo aún me penetraba, pero daba la impresión de que casi toda la estimulación de su propietario provenía de mis esfuerzos por contrarrestar las embestidas de todos los demás.

Al parecer, las dos personas que me estaban chupando las tetas habían decidido excitarme y estimularme tanto como pudiese aguantar.

La verdad es que me alegraba de tener los ojos vendados, pues así me podía concentrar totalmente en lo que me estaban haciendo.

Ver lo que pasaba solo me hubiese servido de distracción.

Una de las chicas me cogió una mano, la puso en su coño y comenzó a frotarse con mis dedos, usándolos para masturbarse.

Estaba tan confundida con todo aquello que no era capaz de reaccionar.

Era como si me hubiese convertido en un objeto, como si me hubiesen privado de mi voluntad.

La polla de mi boca empezó a palpitar.

Segundos después, una corriente de leche salió disparada hacia mi garganta.

Intenté tragármela toda, pero un poco cayó por mi mejilla.

Antes de que pudiese recuperarme, pusieron un coño ocupando su lugar, el cual me puse a lamer sin dilación.

Al parecer, los dos que estaban follando mi coño y mi culo habían encontrado un ritmo común.

Con sus embestidas consiguieron que me corriese.

Estaba en mitad de mi segundo orgasmo, cuando oí un grito y el hombre que me estaba atravesando el coño se corrió.

Luego, mientras se retiraba lentamente, sentí cómo su semen empezaba a fluir lentamente de mi agujero.

Su compañero, dedicado completamente a mi culo, seguía bombeando incluso con más fuerza.

Una cara apareció en mi coño y comenzó a lamerlo con pasión.

La sensación de que me estuviesen dando por el culo mientras otra persona me comía el coño era nueva para mí.

Empecé a correrme otra vez.

Alguien empezó a tirarme del pelo.

A pesar de la dificultad, intenté seguir cumpliendo con las exigencias del coño que estaba sobre mi cara.

Una nueva polla apareció en mi mano y comencé a menearla arriba y abajo.

Una de las bocas que había en mis pezones desapareció, ocupando su lugar un par de fuertes manos que comenzaron a restregar mis tetas, amasándolas como si fuesen masa de pan.

" Creo que a esta chica le apetece que le den unos cuantos azotes "dijo a mi derecha una voz que no pude averiguar de quién era.

El coño que estaba chupando se apretó más aún contra mi cara.

Lo lamí todo lo bien que pude.

Sus muslos aplastaron mi cabeza al alcanzar el orgasmo.

Rápidamente, una nueva polla lo reemplazó y se abrió camino hacia el interior de mi boca.

Me imaginaba una fila de personas haciendo cola en cada una de mis atracciones, esperando su turno.

Me di cuenta de que había perdido toda conexión entre aquellos órganos sexuales y la gente a la que estaban unidos.

La venda de mis ojos había hecho desaparecer todo menos mi capacidad de sentir lo que estaba sucediendo.

Tuve que admitir que, desde el mismo instante en que entré en aquella habitación, había estado esperando secretamente que algo así pudiese ocurrir.

Lo cierto era que, desde la primera vez que Joanna me excitó el clítoris con sus dedos, había permanecido en un estado de constante excitación.

Al parecer, el hombre que me estaba dando por el culo había alcanzado finalmente el punto sin retorno.

Me agarró de las caderas y tomó el mando de mis movimientos.

Segundos después, sentí cómo grandes chorros de semen salían lanzados de su polla hacia mis entrañas.

Luego, se tendió a mi lado y sentí cómo su miembro se ablandaba, saliendo lentamente de mi culo.

Inmediatamente después, se fue, dejando libre mi parte trasera.

La boca de mi teta derecha fue reemplazada por otra fuerte mano. Ahora mis tetas estaban siendo masajeadas en equipo.

De pronto, una de las manos desapareció.

Segundos después noté algo en mi pecho, en el valle que formaban mis dos tetas.

Era una mano, una mano embadurnada con alguna especie de lubricante.

Pasó por mis tetas una y otra vez, embadurnándolas con aquel viscoso líquido.

Alguien se subió sobre mi vientre, escaló por mi cuerpo y colocó una dura polla entre mis lubricadas tetas.

Sus manos unieron mis pechos, convirtiéndolos en un coño listo para ser follado.

Las caderas de aquel hombre comenzaron a moverse atrás y adelante a un ritmo demencial.

La polla de mi boca desapareció sin disparar su carga en mi garganta y la de mi mano fue reemplazada por un ardiente coño.

Alguien me besó en la boca, creo que una mujer, serpenteando con su lengua hacia mi garganta.

Notaba cómo el semen goteaba de mi culo y de mi coño.

La polla que estaba follándome las tetas aumentó su velocidad.

Alguien me levantó las piernas, dejando mi coño a la vista.

Me azotaron con fuerza en el culo diez veces, mientras una mano ocupaba un lugar en mi coño, masturbándome.

La polla de mi pecho empezó a escupir semen con fuerza.

Me alcanzó en la cara y luego cayó goteando de ella.

También debió alcanzar a la mujer que me estaba besando, pero no por ello dejó de meterme la lengua ni un solo segundo.

El ya fláccido miembro se apartó de mis tetas.

La boca que me besaba se alejó también, igual que el dedo de mi clítoris.

Durante un instante me quedé allí tendida, exhausta.

Un minuto después, más o menos, me quitaron la venda.

Me dieron una toalla y me limpié suavemente con ella mientras observaba al grupo reunido.

Entre ellos estaba Paul, mi novio, que también había participado.

Me di cuenta de que no lo había reconocido entre toda aquella gente dándome placer sin parar.

" Ahora vas a darnos las gracias a todos y cada uno de nosotros por haberte proporcionado un rato tan agradable "me dijo el moderador" Pero lo harás de una forma muy especial."

Unos instantes después estaba besando los coños de cada una de las mujeres.

Luego, me metí en la boca las pollas de cada uno de los hombres, dándoles las gracias a cada uno de ellos.

Justo en ese momento la puerta se abrió.

" ¿Dónde está todo el.... mundo? "dijo el recién llegado" ¡Joder, me parece que me he equivocado de habitación!"

SUMISA LATINA

145

Julieta recibió más instrucciones en una carta.

Era un sobre blanco con "Confidencial" escrito en negrita.

Las piernas de Julieta comenzaron a tambalearse antes de que pudiera abrir el sobre.

Recordó haber hablado con Paul anoche.

¿Cuál será su próximo plan audaz?

De su relación durante los últimos meses, ella estaba adquiriendo nuevos conocimientos sobre sí misma y su sexualidad.

Antes de que le presentaran a Paul, pensó que sabía mucho sobre sexo.

Pero desde su relación con Paul, había comenzado a hacer muchas cosas que nunca antes había imaginado.

Había olvidado muchos de sus conceptos erróneos sobre sí misma.

Antes de conocer a Paul, pensó que estaba completamente satisfecha con el sexo.

Pero pronto se dio cuenta de que no estaba satisfecha con lo que estaba haciendo.

Él le había vendado los ojos a ella durante su segunda cita.

Julieta nunca se hubiera imaginado en lo sensible que puede volverse nuestro cuerpo cuando no podemos ver.

Cada miembro era asintomático al tacto, y estaba abrumada por la curiosidad de saber qué punto sería el siguiente en ser tocado en su cuerpo.

Sintió que cada toque de su cuerpo debería durar para siempre, y estaba luchando por disfrutar de cada toque.

La siguiente vez, Paul ató sus extremidades a la cama.

Sentir que nos hemos indefensos' emocionalmente, cuando vemos nuestro propio cuerpo desnudo, nuestro compañero disfrutándolo, y no podemos hacer nada, no podemos resistirnos, no podemos evitar nada nosotros mismos, este sentimiento es muy diferente.

Está utilizando su hermoso y juvenil cuerpo como le plazca, frente a sus ojos ... y solo quiere sentir lo que le hará.

Sentimientos encontrados de impotencia, y emoción.

Jugaban a estos nuevos juegos constantemente y ella disfrutaba todos esos juegos al máximo, apreciando la creatividad de Paul.

Curiosamente, Julieta, que creía que su naturaleza era agresiva y dominante, se estaba rindiendo fácilmente a Paul en el juego del romance.

No solo eso, le encantaba entregarse por completo, entregarle su cuerpo, hacer lo que él haría, hacer lo que él le decía que hiciera.

Empezaba a sentir que alguien debería dominarla, hacer que hiciera cualquier cosa.

Este cambio en su naturaleza la había tomado por sorpresa.

Anoche, Paul había dicho que la osadía de mañana sería la culminación del juego hasta ahora.

"Escuchas todo lo que digo, ¿no?" Él había preguntado.

La sumisión había acudido a ella con solo preguntarle.

"Sí, Señor, haré lo que me digas", respondió ella en voz baja.

Podía hablar muy suavemente, pero este descubrimiento se inició solo cuando conoció a Paul.

"Bueno, entonces, mañana recibirás una carta en tu oficina. Esa carta contendrá más instrucciones para ti".

... ¡y ahora realmente tenía esa carta en la mano!

Con manos temblorosas, rompió el sello de la carta.

¿Qué estaría escrito en ella?

¿Cuál será el próximo plan audaz de Paul?

¿Qué tendría que hacer hoy por él?

Un poco asustada, un poco avergonzada también, comenzó a sacar el papel blanco dentro del sobre, he aquí y leyó ...

"Esclava

1. Prepárate para nuestro juego hoy a las ocho de la noche, sé valiente.

2. Deberás vestir así: pantalón rojo suave, blusa a juego, braguita-sujetador a juego, aretes de oro en las orejas, cinturón plateado y unos zapatos de tacón alto.

3. Un Mercedes te recogerá a las ocho en punto. El conductor sabrá adónde ir. Él te dará más instrucciones después. Así como sigues mis instrucciones ahora, también deberás seguir sus instrucciones en la noche.

4. Además, no llevarás nada más ya que no lo necesitarás. No necesitas ni un bolso ni nada más ".

El pecho de Julieta palpitaba de emoción hasta que terminó de leer las instrucciones.

Excitada por lo que pasaría hoy, empezó a mojarse.

Paul, un código de vestimenta, las ocho de la noche, conductor de Mercedes ... nada más.

Él siempre conseguía distraerla en el trabajo.

Un poco de miedo, un poco de emoción, un poco de diversión, mucha curiosidad ...

Hasta ahora, por muy audaces que estuvieran sus juegos, los habían realizado en lugares 'privados'.

A veces en la casa de Julieta, a veces en el piso de Paul y una vez en un hotel.

Pero ella se rendía a Paul a solas ... pero hoy ella conocería a una tercera persona, ¡al conductor de ese Mercedes!

¿Le habrá dado Paul algunas instrucciones audaces al conductor?

Paul dijo, que debe obedecer todo lo que diga el conductor ...

¿Qué pasa si el conductor le pide que ella se quite la ropa en el auto?

¿O si le pide que ella le bese sentado en el coche?

¿O si la inclina mientras conduces ...??? Oh Dios

¿Por qué ella le confesó todo esto a Paul?

¿Ella cometió un error al confiar tanto en él?

Por un lado, con tales dudas en su mente, también creía que Paul no permitiría que surgiera ninguna situación que la pusiera en peligro.

Sonrió para sí misma, dándose cuenta de que la idea de que el conductor la obligara a desvestirse era tan aterradora como excitante.

A las ocho en punto, Julieta se había vestido y desvestido tres veces.

Al principio vestía un pantalón rojo, pero no era suave.

Me veo bien así, ¿por qué debería hacerle tanto caso ...

Mientras se decía esto, sin darse mucha cuenta, había quitado el pantalón y buscó otro rojo más suave.

Después se puso a buscar los pendientes de oro.

Nunca había tenido oportunidad de usar estos pendientes ya que solía vestir en jeans y camiseta, pero Paul había dicho una o dos veces que le gustaban mucho.

Curiosamente, no recordaba cuando le había dicho a Paul que tenía un cinturón plateado.

Pero él había escrito eso mismo en su carta, así que debía de saberlo, eso es seguro.

Mientras apreciaba mentalmente su inteligencia ...

... El reloj dio las ocho y se oyó la bocina de un coche en la carretera.

Julieta bajó corriendo las escaleras y miró por la mirilla de la puerta de entrada.

Frente al portón había un Mercedes largo y negro.

Se quitó el bolso del hombro y lo tiró en el sofá del pasillo, cerró la puerta principal con llave, abrió el portón y caminó hacia el Mercedes.

El conductor de uniforme le abrió la puerta trasera.

El conductor era de mediana edad y de apariencia educada.

Se sentó dentro, preguntándose si él ya le daría alguna instrucción.

el conductor muy cortésmente cerró la puerta, se sentó y puso en marcha el motor.

Como esperaba, viajar en un Mercedes fue realmente cómodo, pero no pareció importarle.

Ahora, este conductor le dirá qué hacer, cómo y si realmente querrá obedecer a lo que diga ...

Muchos de esos pensamientos se agitaban en su mente.

El Mercedes aceleraba por las concurridas calles de la ciudad.

Poco a poco, el tráfico circundante se hizo menos denso y se dio cuenta de que habían salido de la ciudad y entrado en la zona industrial.

Las fábricas y los edificios de oficinas a ambos lados de la calle estrecha no le parecían familiares.

De repente, el conductor redujo la velocidad del Mercedes y entró en una parcela que parecía abandonada.

Aunque la velocidad del vehículo fue lo suficientemente lenta para ingresar desde la carretera principal, no fue lo suficientemente lenta para leer las letras en la señal fuera de la parcela.

Dentro de la parcela, Julieta ve una cabaña de Vigilante con una puerta vieja y en ruinas.

El conductor detuvo el coche y salió.

Regresó y abrió la puerta para Julieta.

Tan pronto como ella se bajó, él cerró la puerta y la agarró por el cuello y la llevó a la cabina de Vigilante derrumbada.

Julieta todavía no había escuchado la voz del conductor.

Esa cabaña de cuatro por cuatro pies tenía un mostrador en la parte delantera.

El joven sentado frene al mostrador le dijo al conductor:

"Gracias amigo, te veo la próxima vez".

El conductor simplemente sonrió y rápidamente se dio la vuelta y se fue.

Ahora Julieta estaba sola frente a ese joven desconocido pero guapo.

Había algo de magia en su sonrisa.

"Julieta, ¿no es tu nombre? Sígueme", ordenó el joven.

Julieta lo siguió con atención.

Los dos entraron en una habitación similar a una oficina en la parte trasera del edificio medio en ruinas.

En la habitación no había nada más que una mesa y sillas en un rincón.

"¿Estás lista para la aventura única de hoy, Julieta?" Preguntó poniéndose serio.

"¿Uhm? Tal vez ..." Julieta dijo poniéndose un poco nerviosa.

"Bueno", dijo, sonriendo misteriosamente, "a todos los que te den instrucciones esta noche las seguirás cuidadosamente. Sin ninguna duda ... y sin preguntarle a nadie. Algunas de las sugerencias serán raras o extrañas, pero créeme, serás más feliz si sigues las instrucciones. Luego, haga lo que se le diga, sin vergüenza, temor o miedo ".

"Está bien. ¿Qué tengo que hacer?" Julieta preguntó con firmeza.

Mirando el cuerpo sexy de Julieta, dijo:

"Escucha, entonces. Primero, quítate la ropa".

"¿Toda?" Preguntó Julieta vacilante.

"No", dijo con una sonrisa traviesa, "quítate todo menos las bragas, los pendientes, el cinturón plateado y los zapatos de tacón".

Julieta no sabía si había escuchado las instrucciones correctamente.

Le había dado instrucciones con palabras muy claras y con voz elevada.

Sin embargo, Julieta sintió que él no había podido decir nada de eso.

Incluso después de digerir su sugerencia con gran esfuerzo, ella todavía estaba esperando a que él saliera de la habitación ...

Ella pensó que al menos debería darle la espalda.

Por supuesto, Julieta sabía que esperaba mucho, pero aun así ...

En un ataque de rabia, se bajó el pantalón dejándose el cinturón puesto.

Ella desabrochó el primer botón de su blusa y lo miró para demostrarle que no eres menos en esta situación.

Pero tan pronto como notó que su mirada se deslizaba hacia abajo al quitar otro botón, sin darse cuenta, se miró a sí misma.

Le dio vergüenza ver el sujetador, muy ajustado, de color rosa suave que era claramente visible después de que salieran dos botones de la blusa.

Sus pechos carnosos y suaves luchando por salir de él.

Emocionada, comenzó a respirar cada vez más fuerte, y sus pechos ya regordetes parecían hincharse.

Sin perder más tiempo se desabrochó todos los botones que faltaban de la blusa.

Tan pronto como alejó el pantalón de sus pies, ella lo miró, y se sacó la blusa ajustada al cinturón con ambas manos.

Luego, echándolas hacia atrás y, por supuesto, inflando aún más su gran pecho y hermoso, también se quitó los ganchos del sostén.

Pero por unos momentos permaneció en la misma pose y lo miró.

Él se adelantó, mirando sus pechos hinchados.

Al darse cuenta de que no había escapatoria, Julieta puso los ojos en blanco, respiró hondo y lentamente se quitó el sostén con ambas manos.

Ella no tuvo el valor de mirarlo a los ojos ahora.

Y luego se dio cuenta de que aun esperaba que saliera o le diera la espalda.

¡Pero ella misma se podría haber dado la espalda cuando se estaba desnudando frente a este extraño joven!

Pero descaradamente se había quitado la ropa una a una frente a él ...

Ella estaba aún más avergonzada por este pensamiento.

"Dobla tu ropa y ponla sobre la mesa", Julieta recobró el sentido ante su siguiente sugerencia.

Abrió los ojos, pero, evitando su mirada, recogió el pantalón, la blusa y el sostén que le rodaba por las piernas y se acercó a la mesa.

Doblándolas cuidadosamente, las colocó sobre la mesa y se paró frente a él, pero a poca distancia.

"Ahora date la vuelta y quédate de pie con las dos manos hacia atrás", instruyó de nuevo con voz seria.

Ahora, volviéndose de espaldas, preguntándose para qué serviría, se dio la vuelta y movió ambas manos hacia atrás como si se hubiera vuelto muy perezosa.

Ella asintió con la cabeza, sintiendo que él venía hacia ella.

Sus delicadas muñecas fueron tocadas por un frío metal mientras pensaba en lo que sucedería a continuación.

Qué cosa nueva es esta preguntaba ella, hasta que algo hizo 'clic' y ambas manos quedaron atrapadas en la misma pose que él le había dicho.

Oh Dios. Estás aquí en un lugar desconocido, con un hombre desconocido, en este momento, en tal estado ... ¡¡y ahora tan indefensa!!

Poca ropa en el cuerpo, sin teléfono cerca, ni el bolso...

¿Para qué le servirían?

Tenía ambas manos atrapadas con unos grilletes por detrás.

Paul no está a la vista.

Y este joven extraño pero guapo se está acercando tanto a ti ... ¡estúpida!

Eres estúpida, Julieta.

¿Por qué la gente cree tan ciegamente?

Y eso también en una persona como Paul ... ¿cuánto lo conoces?

Que te pasará ahora.

Oh Dios, que hice...

"Vamos", dijo, sin esperar a que ella caminara, sino sosteniendo sus grilletes y caminando hacia la puerta.

No tenía sentido protestar.

Tan pronto como salió por la puerta, una ráfaga de aire frío barrió a Julieta y se le llenaron los ojos de lágrimas.

Iba andando con pasos pesados.

Casi la arrastró al oscuro estacionamiento.

En un estado tan semidesnudo, también sintió el apoyo de esa oscuridad, pero ...

¿Pero qué es esto?

La vergüenza de su propio cuerpo semidesnudo, de su propia impotencia, de la compañía involuntaria de este joven desconocido, mientras tenía miedo, también la excitaba sin poder evitarlo.

Estaba avergonzada de sentir las dulces sensaciones que tenían lugar cubiertas por la única prenda que quedaba en su cuerpo.

Ella no sabía exactamente lo que estabas pensando.

A pesar de que su cuerpo estaba frío, se sintió cálida mientras salía de la habitación y entraba en el estacionamiento, con el toque de su cuerpo mientras caminaba y con el fuerte agarre de la barra de los grilletes.

Sus pezones color chocolate oscuro se tensaron y comenzaron a doler por el aire frío.

Parecía como si él estuviera sosteniendo la barra con ambas manos con mucha fuerza ... pero ella tenía ambas manos atrapadas en la espalda.

Y entonces qué pasaría él si tuviera ambas manos libres.

Si pellizcaba sus pezones rígidos con la misma fuerza con la que sujetaba su barra ...

Julieta estaba terriblemente sorprendida por sus propios pensamientos.

¿En qué estabas pensando hace unos momentos?

Debido a esta impotencia, la vergüenza, las lágrimas acababan de llegar a sus ojos.

Ahora el toque de la mano rocosa de este hombre desconocido debería tocar nuestra parte más íntima, el pensamiento ... o el deseo...

¡Dios!

¿Qué me pasó?

¿Qué pensamientos me vienen a la mente?

Paul, ¿dónde estás, malvado?

¡Tú ... tú me hiciste así!

¿Podré mirarme en el espejo mañana o no?

Había una pequeña puerta al final del estacionamiento.

El desconocido abrió la puerta y empujó a Julieta adentro.

Era como una gran cámara vacía.

Julieta entrecerró los ojos y trató de mirar a su alrededor, pero estaba todo oscuro excepto por la lámpara que colgaba en medio de la habitación.

Él tiró de ella de nuevo y la puso bajo la luz de la lámpara.

Su hermoso cuerpo, que había estado cubierto de oscuridad durante tanto tiempo, quedó nuevamente expuesto.

Avergonzada y, de repente, la luz en sus ojos, se secó los ojos con fuerza.

Pasaron unos momentos en un silencio extremo.

No hay movimiento, no hay movimiento.

Me pregunto si me dejó aquí ...

Ella sintió su roce de toque en su cintura lineal.

Una o dos veces el toque se movió lentamente desde ambos lados de la cintura hasta las axilas y luego se deslizó hacia abajo y se deslizó por los bordes de sus bragas.

Julieta se secó los ojos con fuerza como si supiera lo que pasaría después.

Los dedos de ambas manos tiraron hacia abajo de los bordes de sus bragas rosas.

Sus bragas se atascaron cuando alcanzaron los muslos.

Con las manos atadas a la espalda, no podía hacer nada.

Los dedos de la mano izquierda de él se adelantaron desde atrás con autoridad y comenzaron a bajar la parte delantera de sus bragas, pellizcándolas, tocando su vagina húmeda.

Al momento siguiente, la última prenda de su cuerpo, aunque sólo nominalmente, se le cayó a los pies.

"Apártalas", su poderosa voz hizo eco a través de ese vacío.

Soltó sus piernas de sus bragas sin pensar.

Ahora ella estaba completamente desnuda, desnuda, desnuda.

Sin mencionar que quedaban algunas cosas en su atractivo cuerpo: aretes, cinturón plateado y zapatos de tacón alto.

Por supuesto, nada de esto servía para evitar avergonzarse, pero empezó a pensar en sí misma afrontando la situación en que se encontraba.

"Quédate quieta ahí", dijo, dando la siguiente orden.

Aunque Julieta abrió los ojos ahora, no quería desobedecerlo.

Mientras pensaba en lo que estaba haciendo, escuchó que empujaba algo.

Ella miró a la derecha y lo vio.

Empujaba algo con ruedas hacia ella.

Era una mesa.

La mesa tenía aproximadamente la altura de su cintura.

Había puestas correas de cuero a lo largo de la mesa.

Llevó la mesa justo frente a ella.

Luego, rodeándola de nuevo, la empujó hacia adelante y la inclinó sobre la mesa.

"Separa los pies, Julieta", ordenó.

Ella obedientemente movió ambas piernas ligeramente cada una hacia un lado.

"Más todavía", gritó, y ella se quedó de pie con ambas piernas completamente abiertas.

Ahora su vagina húmeda tocaba el cuero que estaba sobre la mesa.

Tan pronto como sus piernas se juntaron a las patas de la mesa, él ató sus dos piernas con fuerza con las correas de cuero.

Ahora le era imposible moverse.

Rodeándola, liberó sus manos de los grilletes.

Él sonrió y se paró frente a ella.

Mientras miraba su cuerpo desnudo, los ojos de Julieta automáticamente bajaron con vergüenza.

Siguió dando órdenes.

"Agáchate y tócate los dedos de los pies".

Cuando ella se inclinó, él se agachó hacia adelante y le ató las manos a las piernas.

No importa cuán valiente fuera, Julieta estaba aterrorizada por este estado de impotencia.

En esta etapa, ella no podía moverse por sí misma.

Su vagina mojada y sus nalgas llenas estaban completamente expuestas frente a 'ese' extraño.

No solo eso, sino que su vagina, e incluso el agujero trasero, debían de ser visibles para él ahora.

Ella estaba tratando de controlar su respiración, preguntándose qué haría él a continuación.

Por un minuto no notó ningún movimiento de él, pero luego se dio cuenta de que estaba muy cerca detrás de ella.

Y al mismo tiempo sintió un toque muy familiar, pero en un lugar inesperado ...

¡Vaselina! Sí, era vaselina.

Frotaba vaselina en su agujero trasero con un dedo recubierto.

Él se la distribuyó alrededor por un rato e luego insertó su dedo en su ano.

Julieta contuvo el aliento por un momento.

Antes de conocer a Paul, no conocía ningún otro uso de su agujero anal diferente del usual.

Solía sentirse disgustada cuando veía sexo anal en un video porno con Paul.

Le gritaba a Paul y lo obligaba a pasar la escena.

Pero una vez que le había atado los brazos y las piernas a la cama y le estaba enseñado el tipo de sexo dominante, le había insertado un tapón de goma en el ano, a pesar de su oposición.

Julieta, que inicialmente estaba gritando, aceptó este tipo de diversión en muy poco tiempo.

Después de eso, cada vez que Paul bajaba para lamer su vagina, ella comenzaba a rogarle que insertara al menos un dedo detrás de ella.

De hecho, a Paul le gustaba mucho hacerlo así, pero solo para molestar a Julieta, solía recordarle su rechazo y disgusto ...

Pero hoy, mientras el dedo de este hombre desconocido circulaba libremente por su entrepierna y ano, tenía muchas emociones en su mente.

Se sentía enojada por su propia impotencia.

Le estaba enojando el intruso por el descarado avance.

Odiaba a Paul por ponerla en tal situación.

Tenía lágrimas en los ojos debido al dolor cuando su dedo penetró dentro.

Y al mismo tiempo, se excitaba al darse cuenta de que el dedo de un extraño se movía en su ano en un lugar extraño.

Después de empujar su dedo dentro y fuera de su agujero por un tiempo, insertó a la fuerza un tapón de goma grueso en su agujero.

Aunque la vaselina redujo un poco las molestias, el tamaño del tapón era mucho mayor que el tamaño de su agujero.

Pero Julieta no podía hacer nada más que protestar.

Julieta estaba tratando de dejar de llorar y respirar hondo, en ese momento ...

Cuando el tapón estuvo completamente insertado en el interior, le dio un fuerte azote en el culo adolorido y se apartó de ella.

El grito literalmente apagado de Julieta siguió al sonido del "crack" que reverberó por toda la habitación.

En este momento, se enojó mucho con Paul.

Debe haberle dicho al extraño varias cosas que son muy privadas entre los dos.

¡Por supuesto!

Además, ¿cómo podría saber este hombre que a Julieta, que siempre manda en el trabajo, le gusta se dominada en el sexo?

Aunque lloraba mientras su dedo se movía por el ano, debía saber que le encanta que le metan el dedo.

Y ahora, sin preocuparse por el dolor físico que ella estaba atravesando, y sin anticipar cuál sería su reacción, estaba convencida de que Paul debía habérselo contado todo por la fuerza con la que la había nalgueado.

Paul también le había enseñado el truco de aliviar el dolor extremo.

En el mundo exterior, Julieta no podía soportar la fuerte voz del hombre frente a ella.

Pero en este mundo privado, su mayor fantasía era que alguien pudiera torturarla, forzarla físicamente.

Aprovechando esta información, se enfadó y al mismo tiempo se emocionó mucho cuando se dio cuenta de que este hombre estaba jugando con su cuerpo.

Con todos estos pensamientos en su mente, sin embargo, él continuó lanzando un látigo sobre ella.

Sus nalgas pálidas ahora estaban rojizas como cerezas y calientes como el infierno.

Después de diez o quince golpes, tiró el látigo a un lado y comenzó a nalguear las nalgas rojizas de Julieta.

Después de mucha tortura, Julieta comenzó a querer abrazarlo.

Se detuvo y se paró frente a ella justo cuando ella quería que sus manos se movieran por allí atrás por un rato más.

Inclinándose y soltando sus manos, la enderezó.

Tomó su delicada mano en la suya y la levantó hacia arriba.

Julieta vio una cuerda fuerte colgando de arriba.

Él le ató cuidadosamente las dos manos y las envolvió en la cuerda.

Resbaló y cayó a un lado.

La cuerda estaba atada a través del puente desde el techo.

Desató la cuerda de su sujeción, la tomó en su mano y comenzó a tirar de ella con fuerza.

El cuerpo de Julieta estaba siendo subido e izado con la cuerda tirando de sus brazos.

Julieta estaba dejando que tirara de su cuerpo sin ninguna resistencia.

Continuó tirando de la cuerda hasta que la levantó de ambos talones.

Ahora Julieta estaba de pie sobre la punta de sus tacones altos, balanceando su cuerpo, pero no colgando.

Ató el extremo de la cuerda de nuevo y se paró frente a ella.

Todo el pecho de Julieta estaba ahora erguido mientras tenía ambos brazos levantados.

Mirando hacia abajo desde arriba, sus propios pezones también se veían un poco demasiado angulosos.

Y luego, girando sus dedos sobre los círculos oscuros alrededor de sus pezones, de repente él agarró ambos pezones puntiagudos con un pellizco y tiró con fuerza.

Gritando de buena gana, Julieta tropezó en el lugar donde estaba parada.

Sus muslos también estaban limitados en sus movimientos ya que sus piernas estaban atadas en la parte inferior y sus manos en la parte superior.

Continuó tirando y soltando de los pezones con el pellizco de sus dedos.

Lentamente, Julieta comenzó a excitarse de nuevo.

Se secó los ojos, echó el cuello hacia atrás y movió su cuerpo hacia él.

Era como si quisiera ese doloroso pellizco una y otra vez.

A partir de ahí, él tomó una pequeña cantidad de crema roja en sus dedos.

Suavemente, frotó el ungüento alrededor de sus pezones.

Mojó los dedos en el tubo de nuevo y sacó un poco más de crema.

Ahora su mano bajó y comenzó a tocar su vagina.

Al encontrar su vagina a través de su fino cabello, untó la crema allí también.

Luego volvió y frotó el tapón de goma color crema en su ano.

Julieta estaba muy excitada por el toque de esa crema fría en sus tres órganos 'privados'.

Pero después de unos segundos, la crema fría comenzó a calentarla.

Y poco a poco empezó a picarle en el lugar donde le aplicó la crema.

Estaba ansiosa por que alguien le apretara los senos.

Trató de liberar sus manos para presionar sus propios pechos, para apretar sus propias ataduras rígidas.

Ahora mismo necesitaba sus dedos rocosos, en sus pezones lamidos y en su vagina que le picaba ...

Y al mismo tiempo sintió el toque de ese objeto vibrante.

Paul le había regalado un vibrador mediano, pero hasta la fecha nunca lo ha usado sola.

Paul solía hacer funcionar el vibrador por su cuenta con ella.

Pero ahora el vibrador, que había penetrado en la vagina que le picaba, parecía demasiado grande.

Además, sus vibraciones se sentían mucho más fuertes de lo que esperaba.

Aunque ambas piernas estaban atadas, estaba estirando los muslos para dejar el mayor espacio posible para el vibrador.

Avanzaba lentamente una pulgada, anticipándose a su delicada vagina.

Sin embargo, Julieta estaba tan excitada por la crema y la situación en general que estaba empujando todo su cuerpo hacia adelante y tratando de meterse el vibrador dentro.

Cuando tomó el grueso vibrador en su totalidad, se puso de pie temblando disfrutando de su vibración.

Ambas piernas atadas.

Tiro hacia arriba con ambas manos atadas.

En un lugar tan desconocido, Julieta sentía la dicha de la vida colgando completamente indefensa, desnuda, emocionada frente a un extraño.

Un tapón apretado en su ano y un vibrador llenando su vagina.

Pezones excitados por esa crema roja en la parte superior.

Quería sinceramente que el extraño la mordiera, la mordiera y aplastara sus nalgas regordetas y carnosas.

Sintió como si los dos objetos en ambos agujeros hubieran penetrado profundamente en su cuerpo.

Él nunca había dejado de empujar el vibrador hacia adentro, pero la propia Julieta estaba tratando de hacerlo entrar.

Cerrando ambos agujeros, tirando de muñecas y tobillos hasta el punto de tensión, estiró todo el cuerpo y con un fuerte grito alcanzó el clímax de la felicidad.

Por primera vez en su vida, ese momento duró mucho.

Los músculos de su ano comenzaron a endurecerse mientras sus músculos vaginales comenzaron a debilitarse.

Y antes de que la primera ola de excitación se calmara, su cuerpo se puso rígido nuevamente.

Experimentó un segundo orgasmo seguido debido al tapón de goma insertado en su ano.

Ella estaba experimentando dolor y placer extremos al mismo tiempo.

Lentamente, su cuerpo comenzó a hundirse y cerró los ojos.

Su rostro descansaba sobre su pecho en una posición colgante.

Él se inclinó hacia adelante y sacó el vibrador de su vagina.

Su cuerpo tardó un poco en recuperarse.

Después, reuniendo un poco de fuerza, levantó el cuello, abrió los ojos y ...

... todas las luces de la habitación estaban encendidas.

Bajo su mirada, vio unas quince sillas, a solo tres metros de ella.

Ella miró las sillas con incredulidad y, por supuesto, a la gente sentada en ellas.

Había hombres de entre treinta y cincuenta años ... y había mujeres.

Todos miraban a Julieta con alegría y admiración.

Paul estaba sentado en la última silla, mirándola con orgullo.

Estaba feliz de ver a Paul.

Pero a continuación, recordó su propia condición y la reciente 'exposición'.

Avergonzada, bajó el cuello, pero no pudo mover las manos para cubrir su cuerpo desnudo.

¿Y de qué iba a esconderse ahora?

Después de ver todo el 'programa', ellos ...

Con todos estos pensamientos corriendo por su cabeza, sintió el roce del agua fría detrás de ella.

El extraño, que había estado jugando con su cuerpo durante tanto tiempo, la estaba 'enfriando' con una pipa de agua en la mano.

No tuvo más remedio que dejarse bañar por él con los brazos y las piernas atados.

Girando su cuerpo desnudo, la bañó completamente de la cabeza a los pies.

Primero los restos de los latigazos en sus nalgas, luego las rozaduras de brazos y piernas por el vendaje, los senos y pezones que se le hincharon por la crema y su manejo, en ambos de sus delicados poros por los que sufrió un ataque inesperado desde ambas direcciones, y por todo su cuerpo joven y tierno.

¡Realmente necesitaba esa agua fría!

Cuando estuvo completamente empapada, cerró el grifo y se adelantó para aflojarle la sujeción de las piernas.

Julieta separó sus largas piernas y trató de pararse derecha.

Luego él desató la cuerda que colgaba arriba y soltó sus manos.

Dejándola sola por un momento, se acercó a ella de nuevo.

Acercó la mesa del fondo e hizo que Julieta se colocara en ella.

¡No había fuerza en su cuerpo, no había deseo en su mente de oponerse a cualquiera de sus acciones!

La tumbó sobre la mesa y le ató las manos.

Esta vez envolvió las correas alrededor de sus muslos sin atarle las piernas por los tobillos.

La vagina de Julieta estaba ahora más abierta que antes, con las correas sujetas en ganchos a ambos lados de la mesa.

Ahora su vagina rosada era visible frente a ella, y el tapón de goma en su agujero trasero también era visible.

La dejó en ese estado por un rato.

Ahora la idea de que había gente sentada en la habitación y mirándola la hacía sentirse avergonzada y también excitada.

Recordando que Paul también estaba a su alrededor, se recostó sobre la mesa, esperando el próximo ataque ...

Y luego sintió el toque familiar del vibrador ... primero en sus piernas, luego en sus muslos regordetes, luego en su vientre plano, alrededor de los pezones huecos, y luego moviéndose lentamente hacia arriba en ambos pechos, en sus pezones apretados.

No podía creer que se pudiera volver a emocionar en tan poco tiempo.

Sintió el flujo de su vagina cayendo desde sus muslos agotados hasta su propio ano.

Y se sintió abrumada por la vista de quince o veinte extraños, hombres y mujeres mirándola.

Ansiosa, comenzó a pronunciar:

'¡Ah, ah!'

De repente, el vibrador se apagó.

La excitación de Julieta ya no estaba en su cuerpo.

Ella comenzó a gritar fuerte, gritar y llamar al extraño para que se acercara y continuara acariciándola con el vibrador.

Debieron haber pasado unos segundos y entonces sintió un toque muy desconocido e inesperado entre sus dos muslos ...

Sorprendida, miró hacia allá y vio que el joven extraño estaba moviendo su larga lengua sobre su vagina.

Ella sonrió con satisfacción y lo miró, luego se reclinó en la mesa y relajó su cuerpo.

Ya no era un extraño para ella.

Los otros hombres y mujeres de la habitación no existían para ella.

Ni siquiera tenía pensamientos para Paul en su cabeza.

Sintiendo el toque de la lengua larga y fuerte del joven, puso los ojos en blanco y se acostó.

Durante el siguiente orgasmo, ella mantuvo una gran sonrisa en su rostro.

Cuánto tiempo estuvo lamiendo su vagina, cuánto tiempo estuvo acostada sobre la mesa, despierta o dormida ... no tenía forma de saberlo.

Todo lo que sabía era que los dos estaban de nuevo solos en la habitación, sus extremidades estaban libres, el tapón de goma había sido quitado de su ano y colocado al lado de la mesa, y el extraño que le había dado el orgasmo más grande de su vida, sin que hubiera habido coito, estaba de pie cortésmente frente a ella.

Se levantó lentamente y se bajó de la mesa.

Él tenía su ropa en sus manos.

Ahora, mientras se vestía, él se reclinó contra ella ... no para avergonzarla, sino para abrochar su apretado sujetador.

Él también la ayudó amablemente a terminar de vestirse.

Después de vestirse, llevó a Julieta de regreso a la cabaña del Vigilante.

El mismo Mercedes negro estaba parado al frente.

El conductor de Mercedes le abrió la puerta y se detuvo expectante.

Julieta sonrió al recordar la amabilidad del conductor.

Volviéndose, preguntó por primera vez desde que conoció al 'extraño',

"¿Cuál es tu nombre?"

Él sonrió.

Él tomó su mano y la apretó acercándose más y dijo:

"Mi nombre no es importante".

Entonces ella solo sonrió y dijo "Gracias" y comenzó a caminar hacia el auto.

Paul la estaba esperando en el asiento trasero del auto.

Tan pronto como entró, Julieta abrazó a Paul en sus brazos.

Paul le dio una cariñosa palmada en la cabeza y le indicó al conductor que arrancara el coche.

El Mercedes negro empezó a correr de nuevo por las estrechas calles de la zona industrial hacia la concurrida ciudad.

Paul tomó una cámara de video que había dejado a un lado y acercó su pantalla a Julieta y dijo:

"Todo lo que has hecho desde que saliste del auto ... o todo lo que te han hecho está en este video. Qué valiente eres."

Julieta se estaba relajando en sus brazos.

La sonrisa en su rostro y la satisfacción hablaban en su nombre sin necesidad de decir nada más.

Dejando que se relajara en el auto, Paul la palmeó de nuevo y se puso a mirar la cinta de su coraje.

El plan de hoy fue un éxito.

Estaba feliz y emocionada con la idea de que pronto estaría lista para una próxima y sorprendente aventura ...

FIN